KB132875

지금은
시가
필요한
시간

지금은 시가 필요한 시간

초판 1쇄 인쇄 2023년 10월 16일
초판 1쇄 발행 2023년 10월 25일

지은이 | 장석주
펴낸이 | 한순 이희섭
펴낸곳 | (주)도서출판 나무생각
편집 | 양미애 백모란
디자인 | 박민선
마케팅 | 이재석
출판등록 | 1999년 8월 19일 제1999-000112호
주소 | 서울특별시 마포구 월드컵로 70-4(서교동) 1F
전화 | 02)334-3339, 3308, 3361
팩스 | 02)334-3318
이메일 | book@namubook.co.kr
홈페이지 | www.namubook.co.kr
블로그 | blog.naver.com/tree3339

ISBN 979-11-6218-267-3 03800

지금은
시가
필요한 시간

장석주
시평론집

시는 미래의 언어다
상상력의 원천 시詩,
무의식의 충동과 격투,
숭고한 사명이 빚어낸
삶의 깊이와 미래 비전

🌱 나무생각

시가 나를
찾아왔다

시는 어디에서 오나? 당신도 알다시피, 펜과 종이가 시를 빚지는 않는다. 무의식과 충동들, 시작도 끝도 없는 모호함들, 놀랍도록 독창적인 상상에서 시작하는 시는 대체로 저 혼자 온다. 가늠할 수 없는 먼 곳에서 부재의 빛으로 오는 시는 스스로 발광체처럼 빛난다. 먼 데서 왔다가 여름밤 반딧불이처럼 파란빛으로 반짝이다가 가뭇없이 사라지는 시들. 반딧불이가 그렇듯이 시의 생명주기는 아주 짧다.

문명의 기반은 상상력, 그중에서도 독창적인 상상력이다.

"인간은 독창성으로 이름을 떨친다. 독창성이야말로 우리 종의 트레이드마크다."[1]

낯익은 것에서 낯선 것을 보는 능력, 의외성을 가진 이미지들, 무의식에서 솟는 돌연한 감정들, 다양한 울림을 가진 목소리들, 이제까지 없던 음악, 어디서 오는지 모를 에너지, 순진무구한 주문呪文, 기다림과 숙고와 완전한 몰입, 이런 것이 없이는 시도 없다. 이런 성분 없이 나왔다면 시란 언어의 무덤에 지나지 않을 것이다. **우리가 기다리는 시는 불행과 격투를 마다하지 않는 시, 낡은 사물이나 생각을 바꾸는 상상력으로 가득 찬 시, 청춘의 착란 속에서 빛나는 미래 비전을 담은 시다.**

시는 개별자에게서 발화하는 슬픔의 결, 실패의 광휘, 패자의 심오한 승리 등을 포함한 경험에 주목한다. 그것은 시가 고백의 건축술이기 때문이다. 시는 과거의 멜랑콜리를 소환하고, 한심한 영혼의 낡은 미래를 노래한다. 고백의 언어를 펼치는 가운데 잔혹한 존재의 내출혈, 독백의 만다라, 팬터마임을 시연試演하기도 한다.

시인은 자기 안의 동물에게 '나는 누구입니까?'라고 묻는다. 좋은 시는 물음을 핵심으로 삼는다. 이성과 논리가 아니라 직관을 뚫고 나오는 이 물음은 잠든 의식을 깨우고 몽매함이라는 구덩이에서 우리 자아를 끄집어내는 집게다. 물음은 이 세계가 하나의 미스터리, 신비라는 증거다. 물음은 다른 궤도를 도는 나와 너를 연결하고, 거리를 유지하는 나와 세계를 매개한다.

시의 물음은 굳이 답을 요구하지 않는다. 물음 그 자체를 견디라고 할 뿐이다. 물음 안에 이미 답이 있기 때문이다. 쓸모없는 것에 자기를 바친다는 점에서 시인은 우리보다 하염없는 존재들, 자기 삶을 연기하는 광대, 백일몽의 언어나 중얼거리며 떠도는 방랑자다.

시를 쓰는 일은 개를 목욕시키는 일, 운동장을 가로질러 질주하는 일, 심심함에 못 견뎌 잔잔한 연못에 돌을 던지는 일들과는 다르다. 그렇건만 시는 무위에 헌신하는 일, 아무 쓸모가 없는 아름다움을 구하는 일이다. 철학자 하이데거는 이 덧없고 하염없는 일이 "진리를 환히 밝히는 기투의 한 방식"[2]이라고 단언한다.

시는 자아 바깥으로 송출하는 말의 한 방식, 즉 나에게서 너에게로 건너가는 말이라는 점에서 세계와 대지를 비은폐 차원으로 이끌어낸다고 할 수 있다. 언어로 빚는 시는 그런 맥락에서 "언어 속에서 스스로 생기"[3]한다. 시를 쓰는 이들은 자신과 제 경험을 탈취하여 언어 속으로 밀어넣는다.

그렇다고 언어 자체가 시는 아니다. 시는 언어를 넘어서서 이미지가 이끄는 대로 미지로 나아간다. 물론 이것은 누구의 강압도 없는 자발적인 행위다. 누구도 시를 쓰라고 명령하지 않았지만 한 소년은 시라는 낯선 세계로 제 발을 들이민다. 시는 아무 사전 고지도 없이 우연의 흐름을 타고 내 안으로 쑥 들어왔다. 그것은 사춘기의 모호한 열광 속에서 겪은 '열린 세계'로 들어서는 일이었다. 진리의 장소라고 할 수 있는 '열린 세계'로 영겁결에 밀려간 영혼은 놀라서 쉬이 진정되지 않았다. 칠레 시인 파블로 네루다Pablo Neruda는 "그러니까 그 나이였을 때… 시가 나를 찾아왔다"라고 고백한다.

　시가 시인의 내밀한 욕망과 감정의 마그마를 분출하는 일이라면 그 에너지는 우리 안의 동물적 원초성이라고 말할 수 있다. 인간은 행위와 욕망의 원천인 감정을 취하고 그것에 영향을 받는 존재다. 사람마다 감정이 촉발하는 발화점들은 다르다. 감정은 제어되고 조절되면서도 불안정하게 솟구치는 걸 막기는 어렵다. 그 감정이 우리 안의 어둡고 무서운 힘으로, 파괴적인 에너지가 파열하듯이 분출할 때 그것은 우리를 예측할 수 없는 곳으로 이끈다.

　때때로 시인의 주관적 감정은 비합리적이라는 의심을 받는다. 과연 감정이란 마사 누스바움Martha Nussbaum이 말하듯이 이성적 추론이 미치지 않는 "맹목적인 힘"인가? 그것은 비합리적인 비사유의 영역에서 작동하는가? 슬픔, 두려움, 불안, 절망, 분노, 연민, 우울 등 주체의 여러 감정이 공적 삶에 영향을 미친다는 것은 의심할 여지가 없지만, 시인은 감정에 포획되긴 하여도 그것에 휘둘리지는 않는다. 감정의 일렁임을 관조하고 그것에서 시심을, 시의 이미지들을 불러낸다. 이때 감정의 애틋함은 시인에게 기초적인 시적 동기일 테다. 감정은 시의 촉매일 뿐만 아니라 시에 생명과 그 실감의 풍성함을 불어넣는 기제다.

어룰 없이 지는 꽃은 가는 봄인데
어룰 없이 오는 비에 봄은 울어라.
서럽다, 이 나의 가슴속에는!
보라, 높은 구름 나무의 푸릇한 가지.
그러나 해 늦으니 어스름인가.
애달피 고운 비는 그어 오지만
내 몸은 꽃자리에 주저앉아 우노라.

— **김소월, 〈봄비〉**

김소월의 시에서 주체에게 일어나는 원초적인 감정의 무늬를 발견하는 것은 어렵지 않다. 〈봄비〉는 가는 봄날을 맞는 주체의 감정을 미적 순간으로 포착한다. 시인은 봄날이 끝날 때 일어나는 덧없는 감정에 주목한다. 하루가 저무는 어스름일 때 비가 내린다. 어스름과 비는 주체의 내면에 그늘을 드리우며 겹으로 비애를 촉발하고 증폭시킨다.

봄날의 끝과 하루의 끝은 하나로 겹쳐진다. 이 찰나의 직관은 인생의 좋은 시절도 저렇듯 끝나리라는 슬픔의 둑을 붕괴시키며 울음으로 범람한다. "애달피 고운 비" 속에서 꽃이 질 때 오는 봄이 깊어진 비애로 끝나리라는 예감은 돌올해진다. 시의 새싹이 돋는 이 찰나 시인은 아무 보람 없음, 그 허무와 한의 누적, 어찌할 수 없는 것에 맺힌 서글픔에 사로잡힌다.

이 토양에 인생의 가뭇없음과 허무주의, 고독과 회한이 뿌리를 내린다. "내 몸은 꽃자리에 주저앉아 우노라."라는 구절은 주체를 감싼 채 범람하는 감정의 파동을 토해낸다. 감정은 덕과 사유를 낳는 공적 숙고가 작동하지 않는 즉자적인 감응의 결과물이다. 김소월의 시는 대상을 감싸고 넘치는 슬픔과 허무를 기반으로 씌었고, 지금 이 순간을 꿰뚫고 지나가는 감정의 풍성함으로 그 음영이 짙어진다.

김소월의 〈진달래꽃〉이나 만해 한용운의 〈님의 침묵〉에서 발원하여 이성복의 《남해 금산》으로 이어지는 우리 서정시의 흐름 안에는 늘 '당신'이나 '님'이 있다. '나'의 안에서 '님'은 결핍과 부재의 흔적으로 생생하다. 그 결핍과 부재의 결과로 '나'는 삶의 보람을 거두는 일에 실패하면서 필연적으로 늘 슬픔과 허무로 주저앉는다.

사실을 말하자면 '당신'은 '나'의 바깥에 있는 존재이면서 '나'의 안에 들어와 있다. '나'는 '당신'을 품고 '당신'은 '나'를 품는다. '당신'과 '나'는 연동되어 움직인다. 이는 "안에 있음은 타인과 더불어 있음이다."라는 하이데거의 명제를 떠올리게 한다. '당신'은 내 안에서 나와 동거하며 저 바깥에서 피고 지는 꽃을 바라보는 존재다. 그리고 '당신' 자체가 내 안에서 피고 지는 꽃이다.

한국 서정시에서 '나'는 눈 감아야만 보이는 '당신'을 더 잘 보려고 '당신'에게서 멀어진다. 소월의 〈진달래꽃〉이나 만해의

〈님의 침묵〉에서 볼 수 있듯이 사랑은 떠남, 즉 이별을 동반하는 가운데 부재의 고통을 품고 견디면서 격렬하게 피어난다. 이별로 인해 생기는 이격離隔과 부재의 고통으로 안 보이던 사랑이 비로소 발견되는 것이다.

김수영은 시를 "세계의 개진"이라고 말하는데, 시가 세계를 쪼개고 그 안을 펼쳐 보여주는 것이란 뜻이다. 우리는 물질세계를 기반으로 삶을 꾸린다. 이 세계의 자명함 속에서 빚는 경험의 총체를 삶이라고 한다면, 시란 물질세계에서 물질로 이루어진 몸을 갖고 사물의 생리, 사물의 수량과 한도에 의지해 사는 삶을 비은폐의 차원으로 끄집어내는 펼쳐냄이다.

세계를 이루는 물성의 토대 위에 제 삶을 세우는 사람이라면 누구도 세계의 물질성과 그 있음을 의심할 수는 없을 것이다. 우리는 물질세계와 상호 교섭하며 그것의 자장磁場 안에서 존재한다. 김수영이 문제 삼은 것은 물질세계의 다양한 맥락들이다. 그가 열망한 것은 세계를 더 나은 세계로 바꾸는 일이다. 김수영이 자주 '결의하는 비애'와 '변혁하는 비애'를 노래한 것은 그 때문이다.

김수영 이후 이승훈은 '언어의 무의식'을 제 시의 영역으로 개척했다. 언어는 항상 의식에 앞선다. 우리는 언어 속에서 나타나고 언어를 통해서만 존재의 의미를 얻는다. 대상들은 언어 뒤로 숨는다. 언어가 없다면 대상도 없다. 이승훈은 바로 그 지점, 기표 아래로 대상들이 미끄러져 숨어버리는 '언어의 무의식' 영역에서 시를 시작한다.

한국시사에서 나타난 최초의 모더니스트로 꼽히는 이상, 그가 처음 열고 김춘수가 개척한 길 위에서 이승훈은 서성거렸다. 이들은 현실 세계를 실재로 받아들이지 않는다. 물질계로서의 세계는 고작해야 하나의 환영이거나 헛것에 지나지 않는다고 생각한 까닭이다. 이들은 존재의 낯섦과 생소함 속에서 공포와 불안에 감싸인 채 세계와의 맞섬을 포기하고 자아의 거울 속으로 물러선다. 이들에게 시는 거울 놀이, 혹은 환영의 극장에서 언어를 갖고 노는 일이다.

김수영이 현실 세계를 문제 삼는 '대상의 영역'이라면, 이승훈은 현존재 자체를 문제 삼는 '비대상의 영역'이다. 김수영이 물질세계를 펼치고 윽박지른다면 이승훈은 세계를 지우고 그 자리에 버티고 있는 존재의 공포와 불안과 싸운다.

시는 여러 지층들을 품는다. 존재 사건의 지층, 차이와 반복의 지층, 역사의 시간과 경험의 지층, 신체와 관능의 지층, 무의식의 지층… 지층은 과거의 것들, 더는 유효하지 않은 시간, 하강과 퇴적의 산물이다. **좋은 시는 지층을 뚫고 밖으로 나온다. 사유의 속도와 운동이 그 지층을 뚫는데, 이 속도와 운동 속에, 찰나를 증언하는 번개의 빛에, 시는 있다.**

계절과 기후, 편애와 갈망 속에 운모인 듯 반짝이는 이것, 먹을 수도 없고 쓸 수도 없는 이것, 은유의 집적이며 어떤 전조와 예감과 우연을 품고 돌아오는 것, 이것이 바로 시다. 시는 인생의 무상함과 오르페우스에게 바치는 한 줄의 노래인 것을! 시는 늘 어느 한곳에 머물지 않는다. 시는 불확실한 것에 윤곽과 형태를 주고 다시 돌아간다.

시가 시대의 다양한 무늬를 드러낸다고 할 때 그것은 개별 경험을 포괄하며 당대의 집단 무의식이나 욕망에 닿아 있다. 좋은 시는 그것을 집약하여 피처럼 분출할 줄 안다. 시대마다 전복적 상상력으로 시대를 가로지르고, 공중을 떠도는 유언流言과 비어蜚語를 채집하며, 시대정신을 꿰뚫어 보고 표상을 찾은 새로운 시인들이 나타난다. 시는 한 시대의 끔찍함과 삭막함과 불행에 맞서며 동시에 그것을 넘어서는 힘과 용기를 주었다. 그런 시마저 없었다면 우리는 얼마나 불행했을 것인가!

여기 스물아홉 분의 시인을 초대한다. 그들의 시 스물아홉 편을 읽으면서 어리석음과 관습적 이해에 갇혀 미처 보지 못한 여러 사실을 다시 보게 된다. 좋은 시를 만나는 건 항상 진리의 현현과 마주치는 놀라운 계기다. 그런 뜻에서 스물아홉 분의 시인에게 감사를 드린다. 모든 참다운 시는 그 불행의 참상을 낱낱이 고지하여 기소하고 동시에 사면한다. 그게 시의 숭고

한 소명이라는 걸 되새기며, 여기 그 숭고한 소명을 향해 나아
간 시인들과 시들을 불러 한 권의 책으로 묶는다.

파주에서 장석주

1   메리 올리버,《긴 호흡》, 민승남 옮김, 마음산책, 2019, 124쪽
2   마르틴 하이데거,《숲길》, 신상희 옮김, 나남, 2008, 106쪽
3   하이데거, 앞의 책, 107쪽

차례

절망보다
희망이

더 괴로운
까닭은

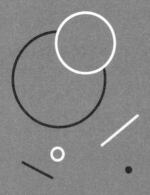

오늘의 공동체에서 엄살이 아닌 순도 100퍼센트의 절망을 찾아보기는 힘들어졌다. 이건 좋아할 일만은 아니다. 절망을 낳는 현실의 구조적 요인들이 사라진 게 아니라 절망이 권태의 비루함으로 변질된 까닭이다. 분노가 사적으로 전이되어 짜증이나 신경질로 바뀌듯이 절망은 내면의 장엄함이 탕진된 채 사소한 비루함으로 전락했다. 사람들이 더 이상 절망하지 않는다. 사람들은 숭고 대신에 권태를 대체하는 강렬한 자극과 재미만을 갈망한다.

오늘의 메시아는 대중매체에서 자주 만나는 연예인일지도 모른다. 오늘의 공동체에 재미라는 은혜를 내리는 이들이야말로 권태의 나락에서 허우적거리는 우리를 구하는 메시아다. 우리는 재미가 없는 지옥에서 권태에 허덕거리면서 그들을 경배한다. 우리를 권태에서 구원하소서!

재미없음은 가혹한 형벌이다. "자유를 다오! 아니면 죽음을 다오!"라고 외치던 사람들이 이제는 "재미를 다오! 아니면 죽음을 다오!"라고 외친다. 다들 '어디 재미있는 일이 없을까?' 하고 두리번거린다. 재미가 산 자의 권리이자 책무가 되었기 때문이다.

절망과 연관하여 가장 먼저 시지프(시시포스)가 떠오른다. 카뮈는 산의 정상으로 밀어 올린 바위가 다시 저 아래로 구르는 우화를 통해 인간이 안고 있는 부조리를 보여주고자 했을 테다.

우리는 저마다 정상으로 밀어 올려야 하는 바위를 하나씩 품고 산다. 이것이 절망은 아닐까?

"경련하는 얼굴, 바위에 밀착한 뺨, 진흙에 덮인 돌덩어리를 떠받치는 어깨와 그것을 고여 버티는 한쪽 다리, 돌을 되받아 안은 팔끝, 흙투성이가 된 두 손 등 온통 인간적인 확신이 보인다. 하늘 없는 공간과 깊이 없는 시간으로나 헤아릴 수 있는 이 기나긴 노력 끝에 목표는 달성된다. 그때 시지프는 돌이 순식간에 저 아래 세계로 굴러떨어지는 것을 바라본다."[1]

시지프가 바위를 산 정상으로 끌어올리고 한숨을 돌리려는 찰나, 바위가 다시 저 아래로 굴러 내려간다. 시지프는 안간힘을 써서 다시 산 정상으로 바위를 밀어 올린다. 이 헛된 노동의 반복에 포박된 자는 이 형벌에서 벗어날 길이 없다. 이게 절망이 아닐까?

절망이 없다면 희망도 없다. 이 말은 희망이 과잉의 긍정성, 자기애로 대체되었다는 뜻이다. **본디 희망이란 오지 않은 내일의 가능성을 파먹는 일이다.** 이것은 주린 자의 상상 속 음식 먹기에 견줄 수 있다. 그는 마주치고 싶지 않은 현실을 희망의 황홀경에 도취한 채 잠시 유예시킨다. 아직 실현되지 않은 현실을 상상으로 전유하는 일이라는 점에서 희망은 결국 빚내서 잔치하는 것과 다를 바 없다. 희망은 전진하지 못하는 자동차의 공회전이며, 허공을 가르는 복싱 선수의 헛주먹질이다.

애초 희망은 더러운 게 아니었다. 다만 너무 희어서 쉽게 때를 탄다. 희망은 나약한 자의 자기애에 들러붙어 증식한다. 희망이라는 세균이 존재의 나약함을 파먹고 번식하는 데 최적화된 조건이 바로 자기애다. 결국에는 희망의 불가능성을 확인하고 자기혐오로 반전할 뿐이다.

김승희는 "남들은 절망이 외롭다고 말하지만/나는 희망이 더 외로운 것 같아."라고 쓴다. 희망은 무섭고, 외롭고, 더럽다. 동화 같은 세상은 더디 오는 게 아니라 아예 오지 않는다. 희망은 저 황량한 오지에서 두 사내가 하염없이 기다리던 '고도'라고 할 수도 있다. 고도가 오지 않는 것은 애초 고도가 존재하지 않았기 때문이다. 고도를 기다리며 오늘의 절망을 내일의 희망으로 바꾸려는 자는 반드시 실패한다. 마찬가지로 희망의 아우라에 기대려는 자는 존재 망각에 이른다. 아우라는 먼 것을 가까운 것으로 보는 착시 속에 현현한다. 그리고 존재 망각에 이르게 하는 것은 마약이다. 마약에 취한 자는 현실을 등진 채로 중독에 빠진다.

희망을 버려라! 차라리 희망과 싸워라! 희망을 폐기하는 자만이 현실을 바라보고 절망을 넘어 구원에 이를 수가 있다.

희망이 외롭다 1[2]

김승희[3]

남들은 절망이 외롭다고 말하지만
나는 희망이 더 외로운 것 같아.
절망은 중력의 평안이라고 할까,
돼지가 삼겹살이 될 때까지
힘을 다 빼고, 그냥 피 웅덩이 속으로 가라앉으면 되는 걸 뭐……
그래도 머리는 연분홍으로 웃고 있잖아, 절망엔
그런 비애의 따스함이 있네

희망은 때로 응급처치를 해주기도 하지만
희망의 응급처치를 싫어하는 인간도 때로 있을 수 있네,
아마 그럴 수 있네.
절망이 더 위안이 된다고 하면서,
바람에 흔들리는 찬란한 햇빛 한 줄기를 따라
약을 구하러 멀리서 왔는데
약이 잘 듣지 않는다는 것을 미리 믿을 정도로
당신은 이제 병이 깊었나.

희망의 토템 폴인 선인장……

사전에서 모든 단어가 다 날아가버린 그 밤에도
나란히 신발을 벗어놓고 의자 앞에 조용히 서 있는
파란 번개 같은 그 순간에도
또 희망이란 말은 간신히 남아
그 희망이란 말 때문에 다 놓아버리지도 못한다,
희망이란 말이 세계의 폐허가 완성되는 것을 가로막는다,
왜 폐허가 되도록 내버려두지 않느냐고
가슴을 두드리기도 하면서
오히려 그 희망 때문에
무섭도록 더 외로운 순간들이 있다

희망의 토템 폴인 선인장……
피가 철철 흐르도록 아직, 더, 벅차게 사랑하라는 명령인데

도망치고 싶고 그만두고 싶어도
이유 없이 나누어주는 저 찬란한 햇빛, 아까워
물에 피가 번지듯……
희망과 나,
희망은 종신형이다
희망이 외롭다

주는 것보다 빼앗아 가는 것이 더 많다고 생각이 기우는 순간 삶은 저 안쪽에서부터 무너진다. 절망은 희망의 부재가 낳은 사태가 아니라 시간의 연옥에 갇힌 주체의 의지와는 무관한 삶의 내달림이다. 정신적인 소모, 기댈 데가 없는 막막함, 의미의 고갈 따위에서 절망의 비릿함을 맛보는 일은 흔하다. 절망은 일종의 극한 순간이다.

그런 절망보다 희망이 더 외롭다고 말할 때, 그것은 이미 갈데까지 가버린 상태다. 절망 속에서 잠을 깨고, 절망 속에서 밥을 먹고, 절망 속에서 잠이 든다. 에밀 시오랑Emil Cioran이 말했듯이 절망은 새삼스러울 것도 없는 "삶의 부정적인 한계" 체험일 테다. 절망에 길들여진 시인은 차라리 "절망(에서) 중력의 평안"을 느낀다고 털어놓는다. 시인은 골수까지 절망에 감염되어버린 가여운 넋이다.

절망은 복합적이고 불투명한데, 그 불투명한 막膜 안에서 번성하는 것은 공허와 무질서다. 공허는 비어 있을 뿐만 아니라 그 안을 피로, 짜증, 교만 따위로 채운다. 이것은 절망의 경미한 징후다. 화자의 절망은 깊어지고 깊어진 상태다. 그의 범박한 독백에는 절망의 바닥까지 가본 자만이 할 수 있는 깊은 체념이 깃들어 있다.

그런데 화자는 절망했으되 절망을 붙잡고 몸부림치지 않는다. 이미 절망에서 초탈해진 마음은 평정에 가닿고, 그걸 비운 자리에 깃든 것은 평온함과 심심함이다. 평온함과 심심함을 꿰뚫는 것은 투명함이다. 이 투명함은 복잡하지 않고 단순하며 본질로서의 명석함이다.

이 시는 절망의 시인가, 아니면 희망의 시인가? 시의 화자는 희망이 남김없이 바닥나 버린 고갈 상태다. 절망이란 본디 그것에 빠진 사람의 넋을 앗아가는 압도적인 경험인데, 이 시에서는 일상화, 범속화되어 버린 상태다. 화자의 고백에 따르면, 절망에서 "중력의 평안"을 느낄 정도다.

화자는 그 절망 속에서도 희망의 끈을 놓지 않는다. 희망은 항상 희망이 없는 곳에서만 나타난다. 이 시는 희망이 없는 곳에서 그것의 가느다란 끈을 붙잡고 있는 자의 처절한 외로움에 대한 독백이다. 희망의 외로움에 대해 말하고 있는 셈이다. "사전에서 모든 단어가 다 날아가버린 그 밤" 같은 구절에서 그 절망의 깊이를 흘낏 엿볼 수 있을 것이다. 그 절망의 극한의 순간에서조차 "또 희망이란 말은 간신히 남아/그 희망이란 말 때문에 다 놓아버리지도 못한다"라고 하지 않는가!

"당신은 이제 병이 깊었나"

불쑥 병이 깊은 당신을 호명한다. 화자가 직면한 절망은 그

병이 깊어진 당신과 관련이 있는가? 그럴지도 모른다. 병이 깊어진 당신 앞에서 당신의 회복과 회생을 기다리는 희망이란 한낱 '응급처치'에 지나지 않는다. 차라리 희망보다 절망을 더 쉽게 견딜 수 있다. 힘을 다 빼고, 즉 포기와 체념을 하고, "그냥 피 웅덩이 속으로 가라앉으면" 되니까.

희망을 견디는 일은 슬프고 힘들다. 희망이란 "피가 철철 흐르도록 아직, 더, 벅차게 사랑하라는 명령"이니까. 절망은 불운에 주저앉고 탈진해 버리면 그만이다. 반면에 희망은 여전히 피를 흘리며 살고, 더 뜨겁게 사랑하라는 절체절명의 명령이다. 병이 깊어진 당신, 그 앞에서 속수무책으로 탈진과 고갈에 이른 내게 희망은 그것들을 견디고 살아남으라고 명령한다. 그래서 희망은 "무섭도록 더 외로운 순간들"을 가져온다.

절망은 존재 부정의 근거다. 진짜로 절망한 사람은 세계가 망하든지 말든지 상관하지 않는다. 절망으로 삶의 끈을 놓은 자에게는 빈혈과 창백함은 문제가 되지 않는다. 희망을 품고 살아보려는 자에게만 빈혈과 창백함이 문제가 되는 것이다. 희망의 본질이 "살아라, 살아라"라는 거부할 수 없는 명령이기 때문이다. **삶은 견딜 수 없는 지경인데, 희망은 내게 살라고 한다.** 희망이란 말은 "세계의 폐허가 완성되는 것을 가로막는다".

우리는 희망에서 도망칠 수 있는가? 그럴 수가 없다. 왜냐하면 희망이 '종신형'인 까닭이다. 절망은 우리를 속이지 않는다.

희망이 우리를 자주 속인다. 희망이 절망보다 더 가혹한 것은 그 때문이다. 우리는 희망의 종신형을 선고받은 채 그 가느다란 끝을 붙잡고 있는 죄수들이다.

1   알베르 카뮈,《시지프의 신화》, 이가림 옮김, 문예출판사, 2019
2   김승희,《희망이 외롭다》, 문학동네, 2012
3   김승희(1952~)는 전라남도 광주에서 태어나고 서강대학교 영어영문학과를
    나온 시인이다. 1973년 경향신문 신춘문예에 시 〈그림 속의 물〉이 당선되어
    등단했다. 재기 발랄한 스물한 살에 시인이 되어 마흔 해 넘게 시인으로 살
    았다.《태양미사》《왼손을 위한 협주곡》 같은 그의 초기 시집에는 환상들이
    넘쳐난다. 현실의 남루에 대한 보상으로 제시했던 그 환상들은 어여쁘고 이
    채로웠다. 환상은 그만의 리얼리즘이었다. 그가 환상을 버리고 현실의 남루
    그 자체에서 시를 길어 올렸을 때 나는 실망했다. 서양 신화를 불쏘시개 삼
    아 환상을 지펴 자신의 리얼리즘으로 삼았을 때 그는 유일한 시인이었지만,
    현실의 남루에서 상상을 길어 올릴 때 그는 하고많은 시인들 중 하나가 되어
    버렸다. 그 뒤 새로 나온 시집《희망이 외롭다》를 펼쳐 들고, 김승희의 시를
    다시 읽는다. 그는 "머리는 찬 서리로 시려서 대낮에도/송이송이 타오르는
    화관을 몇 겹씩 써야" 했던 조선시대의 허난설헌에 빙의되어 그의 운명에 자
    기를 겹쳐본다. "자기를 넘지 못하면 죽을 것 같아서 대낮에도/붓 한 자루에
    언덕을 넘고자" 했던 난설헌을 보고, 그 뼛속에 가득한 "땅에서 하늘까지 번
    개가 흐르고/부용꽃 스물일곱 송이"(〈난설헌의 방〉)를 노래한다.

존재란
얼마나

깨지기 쉬운
알인가

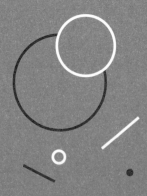

세상이 지옥으로 변하는 위기는 어떤 포화 상태에서 촉발한다. 독서가들 사이에서 '액체 근대', '유동하는 근대'라는 사유의 틀을 제안한 철학자로 유명한 폴란드 출신의 유대인 사회학자 지그문트 바우만Zygmunt Bauman에 따르면, 이 포화 상태의 위기는 지난 두 세기에 걸쳐 지구에 일어난 근대화 지향의 결과다. 국경 없이 이동하는 금융자본과 상품, 근대 생활양식의 전지구적 확산으로 전례 없는 위기와 곤경이 발생했다. 그 위기가 드러내는 큰 국면은 잉여 인구와 일자리 부족이다. 한 세기 전 인류는 풍족하지는 않았지만 최소한도의 생존은 이어갈 수 있었다. 그러나 지금은 그마저도 위태로워지고 있는 상태다. 근대화의 위기를 바우만은 이렇게 설명한다.

"한때 대부분의 가족과 지역 사업체는 새로 태어나는 사람들을 모두 흡수하고 채용하고 부양해 대체로 그 생존을 보장할 수 있었고 또 기꺼이 그렇게 했다. 그러나 개방은 대부분의 가족과 지역 사업체를 위태롭게 만든다."[1]

뒤늦게 근대화의 경쟁에 뛰어든 후발 국가일수록 이 문제는 더 심각한 양태로 불거진다.

국가들이 영토를 개방한 탓에 국제 자본의 금융과 상품 이동은 과거와 견주어 훨씬 더 자유로워졌다. 그 결과로 지역 경제가 움츠러들면서 일자리들이 사라졌다. 지역 경제가 감당할 수 없는 잉여 인구는 일자리를 찾아 떠돈다. 이 잉여 인구가 제

나라나 제 고향에서 밀려나 이주 노동자나 난민으로 변한다. 이들은 지구화가 낳은 불가피한 추방자다. **경계 바깥으로 밀려 나온 자는 예전 영토로 돌아갈 수 없다. 이들은 퇴로가 끊긴 채 세계의 변방 이곳저곳을 떠돈다. 이 추방자들 하나하나는 벌거벗은 생명이고, 깨지기 쉬운 알이다.** 떠도는 자들은 어디에 살든지 생존을 위한 보호막을 잃은 채 방치된다는 점에서 벌거벗은 생명이라고 할 수 있다.

여기 세계로 열린 창을 스스로 닫고 자폐의 내면학을 펼치는 시가 있다. 고영의 〈달걀〉이란 시는 한 생명으로 깨어나기를 기다리며 '알'로 유폐된 자의 노래다. 알은 상징 세계에서 영靈, 중심, 생명의 배자胚子다. 우주적 알은 하늘과 땅, 태양과 달을 품는다. 우주의 액화된 잠재력을 품은 알은 모든 생명 되는 것들의 무수한 씨앗이고, 황금의 배아라고도 불린다. 알이 쪼개지면서 비로소 하늘과 땅이 나오고, 태양과 달이 나온다.

알은 껍데기 안에 생명의 정수를 담고 존재하지만 살아 활동하는 것은 아니다. 아직 어떤 지각도 없고, 어떤 자아도 없다. 그냥 생명의 원형, 생명의 핵을 품은 물질이다. 그것은 생명이되 아직 생명이 아닌 아득한 어둠이고, 그윽한 어둠이다. 본디 생명의 본질이 유현幽玄이고, 현명玄冥이다. 모든 생명은 어둠 속에서 빚어져서 빛 속으로 나아간다. 알은 원형질이 고요히 들어앉은 둥근 생명의 방, 생명의 소우주다.

달걀[2]

고영[3]

조금 더 착한 새가 되기 위해서 스스로 창을 닫았다.
어둠을 뒤집어쓴 채 생애라는 낯선 말을 되새김질하며 살았다.
생각을 하면 할수록 집은 조금씩 좁아졌다.

강해지기 위해 뭉쳐져야 했다.
물속에 가라앉은 태양이 다시 떠오를 때까지 있는 힘껏 외로움
을 참아야 했다.
간혹 누군가 창을 두드릴 때마다 등이 가려웠지만.

房門(방문)을 연다고 다 訪問(방문)이 되는 것은 아니었다.
위로가 되지 못하는 머리가 아팠다.

똑바로 누워 다리를 뻗었다.
사방이 열려 있었으나 나갈 마음은 없었다. 조금 더 착한 새가
되기 위해서
나는 아직 더 잠겨 있어야 했다.

알은 부화되기 전 껍데기 안쪽에서 머무른다. 알 속의 새는 공중으로 비상하며 솟구쳐 오르는 삶을 위해 기다려야 하고 껍데기를 깨고 나와야 한다. 새는 빛이 넘치는 세계로 나온 공기의 요정들이다. 새의 도약력과 공중을 향해 수직으로 솟아오르는 탄력성은 대지와 표면에 묶인 인간이나 가축들에게는 기적이고 감탄을 자아내는 경이로운 기예일 것이다. **하늘로 솟구치며 나는 새는 공중을 딛고 춤추는 발레리나 같다. 이토록 가볍고 우아한 존재라니!**

공중을 난다는 것은 구속에서 해방되어 자유로운 존재로 거듭난다는 뜻이다. 새는 자유다! 새는 빛으로 가득한 공중을 날며 그 빛과 자유를 노래하는 존재다. 그러한 까닭에 르나르Jules Renard는 봄의 전령인 종달새의 낭랑한 소리를 "저 위, 어디선가 황금빛 잔 안에 수정 조각들을 짓찧고 있는 소리"(《종달새》)라고 표현한다.

알은 아직 생명의 권능을 부여받지 못한 채 기다리는 자아의 표상이다. 시인은 알이 "스스로 창을 닫"고, "어둠을 뒤집어 쓴 채", 어둠의 존재성을 제 안에서 무한 "되새김질하며" 기다린다고 노래한다. 알이 지향하는 것은 "착한 새"다. 새는 존재의 비상, 즉 바닥을 치고 솟구치며 떠오르는 것의 은유다. 뱀들과 지렁이들이 땅을 파고 제 몸을 숨길 때 새들은 대지를 박차고 벗어나 공중으로 솟구친다. 날갯짓을 하며 날아오르는 찰나 새는 대지의 무거운 중력을 떨쳐버린 가벼운 기쁨이자 웃음이다. 시인은 알의 이 기다림을 "물속에 가라앉은 태양이 다시 떠오"르는 비유와 연관시킨다.

　무엇인가 되기 위한 유폐의 날들은 고통스럽다. 그것은 외로움을 참는 것이고, 존재 변환의 기미들을 견디는 일이다. 존재가 바뀌는 이 고통은 여러 동사군과 형용사군에 의해 충분히 암시된다. 시의 문장들은 거의 모두 과거형으로 끝난다. 닫았다, 살았다, 좁아졌다, 뭉쳐져야 했다, 참아야 했다, 아니었다, 아팠다, 뻗었다, 없었다, 있어야 했다… 같은 과거형들은 대체로 부정적인 기억들을 지시하고 암시한다.

　알은 아직 아무런 이름도 없다. 누구도 이름을 붙여 불러주지 않았기에 익명성에 머물러 있다. 익명은 분명히 존재하지만 사회적 생명을 갖지는 못한 상태다. 누군가의 이름을 불러 호명하는 것은 아무것도 아닌 대상에게 개별적 존재성을 부여한다는 뜻이다. 다시 말해 태양이 높은 공중에서 황금비를 뿌리고 올빼미가 밤의 어둠을 밝히는 작은 등 두 개를 켜는 이 세계, 즉 무-시간, 무-장소에서 지속하는 현재로 그를 초대한다는 의미가 있다.

누군가 이름을 불러준다면 우리는 어둠에서 빛으로, 무의미에서 의미로, 망각에서 기억에로, 비-존재에서 존재로 태어난다. 우리를 내적 잠재력에서 외적 생명으로 달려 나가게 하는 것은 바로 우리의 이름들이다. 폴 엘뤼아르Paul Eluard는 "한 얼굴은 정녕/세상의 모든 이름에 응답해야만 한다"(《사랑, 시》)라고 노래한다. 누군가 내 이름을 호명하는 순간 나는 알에서 벗어나 세상의 모든 이름에 응답해야만 하는 얼굴, 즉 상호 연관성 속에서 빛나는 개별자로 태어난다.

아직은 "조금 더 착한 새"가 되어 미약한 날갯짓을 하며 날아오르기 위한 때는 아니다. 알은 어둠 속에서 절망에 복무하며 기다려야 한다. 알은 어둠 속에, 껍데기 속에 유령처럼 존재감 없이 머물고 있는 동안 두 겹의 고통과 싸운다. 아직 아무것도 아님, 아직 존재로 호명되지 못함이 그 싸움의 대상이다. 그 둘이 가리키는 것은 고갈과 공허다. 알은 아직 "착한 새"로 태어나지 못했기에 '착함'과 '새'라는 두 종류의 부재 속에 놓여 있다. 또 새라는 새로운 존재의 양태를 갖지 못한 탓에 아직 고갈이나 공허에 머문다.

알이 존재의 무명을 지시한다면 "착한 새"는 더 높고 명랑한 생명 양태에 대한 은유다. 무엇인가 되기 위해 기다리는 동안이 헛되다고 말할 수는 없다. 그사이 "나와 당신 사이에도/꽃이 피고 별똥별 지던 밤들이" 지나갈 것이고, "함부로 읽을 수 없는 등짝의 이력履歷"(《사이》)이 만들어지는 날들이 흘러갈 것이다. 우리 모두는 무엇인가가 되기 위해 어둠을 뒤집어쓴 채 기다려야 한다. 그 존재가 아주 작은 "착한 새"라 하더라도 숱한 날들

의 머뭇거림과 숙고, 무작정과 막무가내의 기다림 속에서 견뎌
야 한다.

1 지그문트 바우만, 《모두스 비벤디》, 한상석 옮김, 후마니타스, 2010, 58쪽
2 고영, 《딸꾹질의 사이학》, 실천문학사, 2015
3 고영(1966~)은 경기도 안양에서 태어났다. 2003년 《현대시》를 통해 시인으
   로 등단했으며, 시집으로 《산복도로에 쪽배가 떴다》 《너라는 벼락을 맞았
   다》 《딸꾹질의 사이학》 등을 펴냈다. 그의 시에는 가슴 치며 하는 후회와 자
   책의 말들이 많다. 이것들은 자아 성찰적이고 자기비판에 물든 자아의 말들
   일 텐데, 그럴 만한 까닭이 있다. 시인에게는 "당신은 어제의 태양 아래서 웃
   고/나는 오늘의 태양 아래서 웃고 있었다"(〈태양의 방식〉)와 같이 공집합이 되
   지 않은 채 엇갈린 인연이 있고, 가슴에 담은 "불러야 할 간절한 이름들"(〈후
   회라는 그 길고 슬픈 말〉)이 많다. 살아온 세월의 두께보다 삶의 파고가 거칠고
   높았다는 뜻이다. 아울러 그의 길이 "농담뿐인 생"(〈악수〉)과 "꿈조차 가질
   수 없는 생"(〈민달팽이〉), 더러는 "벼랑을 품고" 사는 "꽃의 지옥"(〈꽃의 지옥〉)
   으로 뻗어 있기 때문이다. 날마다 "무늬 없는 저녁"(〈후회라는 그 길고 슬픈 말〉)
   을 맞고, 상처를 감추려고 "뱀의 입속을 걷"으며(〈뱀의 입속을 걸었다〉), 삶에
   개칠하지 않고 "조금 더 착하게 살기 위해서"(〈달걀〉) 암중모색하는 시인의 시
   들은 슬프고 아리다.

가난은
왜 우리를

소리 지르게
하는가

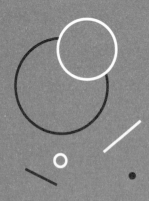

사는 일의 고단함은 밥벌이의 고단함과 겹쳐진다. 밥을 벌기 위해 활동하는 것은 사람이나 동물이 다 같다. 집을 짓고, 빵을 굽고, 병자를 치료하고, 가축을 도살하고, 누군가를 가르치고, 건물 바닥을 쓸고 닦고 하는 그게 다 사람의 일이다. 동물은 주린 배를 채우려고 먹이 활동을 한다. 반면 사람에게 일이란 재화와 용역의 생산 방식이자 '인간의 조건human condition'을 실현하는 중요한 수단이다.

일을 통한 생산은 교환 가능한 재화와 용역을 넘어서서 바로 인간을 규정하는 조건이다. 개는 제가 얻은 뼈를 다른 개의 먹잇감과 교환하지 않는다. 그저 배를 채우는 일에 급급하고, 배를 채운 뒤에는 먹잇감 획득을 위한 활동을 멈춘다. 사람은 일을 하면서 타인과 관계를 맺고 생산과 교환 활동을 하며 자아를 실현하는 존재다. 사람에게 일은 밥벌이의 수단이고, 사회 참여의 한 방식이며, 더 나아가 실존의 불확실성을 거두고 자기 의미와 정체성을 빚는 숭고한 의식이다.

일은 운명의 돌연성과 불규칙성을 넘어서서 공동체 사회에 뿌리를 내리게 한다. 사람은 일을 매개 삼아 사회적 관계망 안에 자기를 들이민다. 공동체 사회에 뿌리를 내려야만 소외와 주변화에서 벗어날 수 있기 때문이다. 밥벌이와 사회에 뿌리를 내리는 수단인 일자리를 빼앗는 것은 사회적 죽음을 낳는다. 일자리는 일의 '자리'이고, 동시에 사회관계 촉매의 '자리'이며, 생존을 잇는 '자리'다. 일자리를 잃은 사람은 배가 바다에 침몰하듯이 곤궁함에 빠져 존재의 나락으로 가라앉는다. 그렇다. 실업은 경제활동의 중단과 더불어 공공 영역에서의 소외를 초래하는 사태다. 그 실업의 당사자는 사회에서 뿌리 뽑힌 채 방치된다. 따라서 모든 사람에게 생계의 방편인 일자리를 만들어주는 것은 국가의 의무이기도 하다.

비천한 노동은 자아를 위축시키고 삶을 피폐하게 한다. 사회적 의미의 생산에 매개되지 않는 일에 매달리는 것은 존재를 탕진으로 이끌고 영혼을 부패시킨다. 어떤 일을 하느냐에 따라 사회적 지위와 신분이 결정되는 탓에 더 좋은 일자리를 구하려는 경쟁이 치열해지는 것은 당연한 현상이다. 이 경쟁에서 밀린 자들은 빈곤이라는 막장으로 내몰린다. 강제 퇴직을 당하거나 날품팔이 노동자, 노숙자, 폐지를 주워 끼니를 잇는 노인들은 이 사회의 약자들이다. 이들이 얼마나 고단한 삶을 살고 있는지, 한 끼의 밥을 위해 그들이 어떤 수고를 치르는지를 나 몰라라 해서는 안 된다.

밥 먹는 풍경[1]

안주철[2]

둥그렇게 어둠을 밀어올린 가로등 불빛이 십원일 때
차오르기 시작하는 달이 손잡이 떨어진 숟가락일 때
엠보싱 화장지가 없다고 등 돌리고 손님이 욕할 때
동전을 바꾸기 위해 껌 사는 사람을 볼 때
전화하다 잘못 뱉은 침이 가게 유리창을 타고
유성처럼 흘러내릴 때
아이가 아이스크림을 사러 와
냉장고 문을 열고 열반에 들 때
가게 문을 열고 닫을 때마다
진열대와 엄마의 경제가 흔들릴 때
가게 평상에서 사내들이 술 마시며 떠들 때
그러다 목소리가 소주 두병일 때
물건을 찾다 엉덩이와 입을 삐죽거리며 나가는 아가씨가
술 취한 사내들을 보고 공짜로 겁먹을 때
이놈의 가게 팔아버리라고 내가 소릴 지를 때
아무 말 없이 엄마가
내 뒤통수를 후려칠 때
이런 때
나와 엄마는 꼭 밥 먹고 있었다

여기 대물림하는 가난에 처한 자의 풍경을 그려내는 시가 있다. 이 시는 모종의 사건들이 일어나는 순간들, 즉 '때'를 관찰하고 그에 대한 사유를 펼친다. 때는 시간이 분절되는 점들, 계기적 기점을 가리킨다. 이 시의 배경은 동네에서 운영하는 소규모 구멍가게이고, 이 장소는 '엄마'와 '나'의 2인극이 펼쳐지는 소규모 무대다.

태양계는 우리은하 중심에서 2만 7000억 광년 떨어져 있고, 이 은하는 지름이 1억 광년이 넘는 처녀자리 초은하단의 일부에 지나지 않는다. 이 작은 무대는 우주의 변방 끄트머리쯤에 있다. 삶의 물질적 실감이 주르륵 펼쳐지는 이 무대를 지배하는 힘은 가난이 만든 중력이다. 손님이 욕할 때, 잘못 뱉은 침이 가게 유리창에 흘러내릴 때 "이놈의 가게 팔아버리라고 내가 소리지"르고, 엄마는 "내 뒤통수를 후려"친다.

이 찰나를 지시하는 '때'란 무엇인가. 가게는 밥을 버는 소규모 노동의 현장이고, 이곳에서 사람을 상대하는 순간은 비천한 노동이 삶을 모욕하는 때다. 소규모 가게를 꾸리며 미성숙한 인격을 가진 사람들을 상대하는 노동의 비천함은 자아의 존엄성을 훼손하고 정체성을 망가뜨린다. 시인은 그 사례를 열거하며 "이런 때" 가난의 모욕과 모독을 견디며 "나와 엄마는 꼭 밥 먹고 있었다"라고 매조진다. 밥을 먹을 수 있는 것은 이 비루한 노동을 견뎌낸 결과이고, 공짜 밥은 없다는 엄혹한 진실의 외시外視일 테다.

식구는 한 식탁에서 밥을 먹으며 정을 쌓고 유대감을 두텁게 한다.

"모여 앉아 밥을 먹지 않으면/밥상은 한쪽으로 기울어 스르르 미끄러진다."(《마루》)

가게는 지켜야만 하는 노동의 현장인데, 그걸 없애자는 생각은 가족 생계를 위태롭게 할 수도 있다. 가난은 밥벌이의 고단함을 낳는다. 세계의 부조리 중에서 가장 흔하고 하찮은 것이 가난이라고 할 때 그것은 버려지고, 허물어지고, 희박해지고, 사라지고, 말라붙는 일이다. 가난한 시인이 집 한 채를 사거나 아프리카에 가서 모래를 만져보는 일이 "다음 생에 할 일들"이라고 한다면 궁상을 떨며 겪어내야 하는 가난은 필경 "이번 생"의 일이리라.

시인은 가난이라는 바다를 탐색하는 심해 잠수부다. 가난의 일이란 소규모로 운영하는 가게 문을 열고 닫는 몸의 노동이자 감정 노동이다. 이 노동이 떠받치는 게 가난이다. 가난의 나날을 버텨내는 일과 그 비천한 노동을 몸으로 받아내는 주체는 하나다.

사람은 밥을 먹어야 산다는 명제에 따르면, 밥은 한 끼의 식사만이 아니라 생명 부양에 필요한 모든 생물학적 필요를 뭉뚱그려 드러내는 표상이다. 밥이 입으로 오기까지 벌이가 있어야 하고, 그 벌이를 위해 몸을 부려야 한다. 입으로 오는 단 한 숟가락의 밥도 공짜는 없다. 그게 밥이 품은 보편성이고, 예외가 없는 삶의 진실이다. 일하지 않는 자는 밥을 먹지도 말라고 한다. 하지만 일하지 않더라도 더운밥이든지 찬밥이든지 먹어야 생명을 건사할 수 있다. 이 생물학적 엄연함 속에서 일하는 자와 일하지 않는 자는 먹어야 산다.

밥 먹는 풍경과 밥을 버는 풍경이 하나로 겹쳐지는 것은 드문 일이 아니다. 시의 화자는 "이놈의 가게를 팔아버리라고" 소리친다. 사람답게 살아보자는 아들의 저항에 엄마는 뒤통수를 후려치는 것으로 대응한다. '나'는 비루한 삶은 삶이 아니라고 저항하지만 '엄마'는 '나'의 생각을 잘못된 것이라고 말한다. 물론 엄마는 그 말을 입 밖에 내지는 않는다. 그저 아들의 뒤통수를 후려치고 잠자코 밥을 먹는 행위로 그 대답을 대신한다.

밥이 입에 들어가는 일은 생명을 부양하는 행위일 테다. 그것은 인류 종족이 수천 년 동안 지구에 살아남은 거룩한 방식이다. "밥 먹는 풍경"이 거룩한 것은 밥을 어떻게 구하고 먹느냐 하는 일이 곧 우리가 어떤 사람인가를, 그 인격과 내면의 가치를 낱낱으로 드러내는 일이기 때문이다.

우리 주변에 널린 생활의 척박함이 가난이고, 이것이 사회적 질병이라고 한다면, 그 질병으로 말미암아 꿈을 꺾거나 모멸감에 젖은 채로 절망하는 사람도 드물지는 않을 테다. 가난은 사회적 기회의 박탈이고, 중심에서 주변으로의 내침이며, 모멸감을 강제하는 인간 차별의 한 방식이다. **사람은 가난으로 비굴에 무릎을 꿇고, 그 모독을 묵묵히 견딘다. 가난은 언제나 힘이 세다.** 가난이 삶의 의미와 기쁨을 앗아간다는 점에서 그것은 견뎌야 하는 굴욕이고 비참일 것이다.

시에서 가난의 세목이나 가난이 작동하는 구체적 양태를 찾는 건 어렵지 않다. '나'는 부모의 가난을 대물림하고, 이미 충분히 가난한 살림에 적응한다. 어떤 이들에게 가난은 태어날 때부터의 관례다. 〈밥 먹는 풍경〉은 가난에 관한 시가 아니다. 가난 속에서 어떻게 삶의 올바름과 품격, 자기의 올곧음과 존엄을 지켜낼 수 있을 것인가를, 젊은 시인은 묻는다.

---

1   안주철, 《다음 생에 할 일들》, 창비, 2015
2   안주철(1975~)은 강원도 원주에서 태어나고, 2002년 창비 신인상을 받으며 등단했다. 화자인 '나'를 둘러싼 것은 가난의 풍경인데, 가난이 "기울어지는 집 전체"(〈마루〉)라는 은유를 받을 때 가난은 한 점 모호함도 없이 명료하다. 그 명료함이 가난의 실감을 빚는다. 밤새 폐지를 줍는 아버지와 흩어진 폐지를 묶고 거기에 물을 뿌리는 어머니(〈꽃〉), 백수가 될 때마다 "아내의 등골을 매일 한숟갈씩 떠먹"(〈꿈을 지우다〉)고, 자주 우는 아내에게 "다음 생엔 돈 많이 벌어올게"(〈다음 생에 할 일들〉)라고 말하는 '나'를 포함한 가족이 가난의 풍경 속에 서 있다. 최저 수준의 생계를 꾸리기 위해 협력 노동을 하는 가족이라니! 가난한 노동은 양계장을 돌보는 일이거나 폐지를 줍는 일이거나 구멍가게를 꾸리는 일이다. 눈물겨운 한 구절을 고르자면, "명료한 내가/생활 속에 한방울 맺혀 있다"(〈희미하게 남아 있다〉)일 것이다. 이 구절은 가난을 운명화하고 그 안에서 고군분투하는 모습을 암시적으로 보여준다.

내가
너를

안을
때

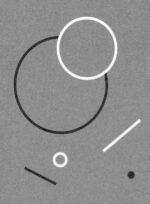

사랑하는 자의 얼굴이 빛나는 것은 사랑이 감히 신의 영역인 무한과 불멸에 기대고 그 불가능성을 욕망하는 일이기에 그렇다. 이 얼굴의 빛은 타자의 현전을 선취한 흔적이다. 이 빛은 사랑하는 자가 내 것이 되었다는 안도감과 영웅적 성취감이 만들어낸다. 사랑이 사라지면 이 빛도 꺼진다. 사랑한다고 말하지 않는 사랑은 사랑이 아니다. 사랑은 진부하지만 '사랑한다'는 선언 속에서 그 생명을 얻는다.

'사랑한다'라는 말은 그저 '말소리'가 아니라 의미의 범주화라는 맥락에서 '너는 내게 의미가 있는 존재'라거나 '네가 없다면 내가 사는 것은 의미가 없다'라는 뜻이다. 사랑에 빠져서 '사랑한다'고 말하는 게 아니라 '사랑한다'고 말함으로써 사랑에 빠져든다. 사랑은 기쁨과 불안을 동반한다. 물론 그 감정이 곧 사랑은 아니다. 사랑은 사랑할 수 없음의 불가피하고 당위적인 부정이다.

사랑은 다른 선택지를 다 지워버린 사랑할 수밖에 없음이다.
이 '사랑할 수밖에 없음'은 윤리로 도포되는데, 이것은 사랑이 전략적인 행위에 기대고 있기 때문이다. 사랑에 빠진 사람은 누구나 더 착해지고, 더 우아해지고, 더 자주 호감을 사는 행동을 하려고 한다. 사랑은 타인을 향한 무조건적인 환대이고, 사랑에 빠지는 것은 대상을 이상화하는 일이기 때문이다. 사랑에 빠진 이들은 제 매력을 증대시키고, 상대의 매력은 더 과장해서 바라본다. 대상의 매력을 극대화해서 보는 것은 기만에 가까운 행위다. 하지만 식은 재는 불꽃을 일으키지 못하는 법이다. 한껏 달아오른 감정만이 불꽃을 일으키며 타오른다. 사랑이 자주 의심과 혼란을 동반하는 것은 그것이 감정의 기만에서 비롯되기 때문이다.

남녀의 사랑에는 영혼을 혼란스럽게 하는 요소가 끼어든다. 하지만 부모의 자식 사랑에는 그런 혼란이 없다. 어미의 사랑은 흥분과 불안이 배제된 투명함 그 자체인 까닭이다. 자율신경계의 지배만을 받는 태아로 탄생하는 것, 이 우연한 생명은 어느 집안의 몇 대 독자로 태어나는 것, 혈통을 잇는다는 것 이상의 의미를 갖기 어렵다. 부모의 돌봄을 받으며 성장하는 동안 제 힘으로 의미의 존재로 거듭나야 한다. 아기는 부모를 비추는 거울, 부모를 완성하는 존재, 부모의 미래를 선취한다는 가정에서 그 가치를 담보한다. 어미의 사랑은 다름 아닌 자신의 또 다른 미래를, "아직 가공되지 않은 날것 그대로의 미래를"[1] 향한 사랑인 것이다.

탈무드는 어머니에게 피와 내장과 심장을, 아버지에게 골수와 신경과 뇌를, 그리고 마지막으로 신에게 숨결을 받는다고 말한다. 임신과 출산이란 그저 우연적 사건에 지나지 않는다. 갓 난아기에게 출산 경험은 모태의 평온함에서 떨어지는 낯선 박리를 겪는 일이다. 산부인과에서 태어난 갓난아기는 산모에서 떨어져 신생아실로 격리되어 유배당한다.

갓난아기는 추방된 자로서 낯선 세상을 처음 대면하지만 부모에게서 무조건적인 환대와 사랑을 받는 존재다. 갓난아기를 물고 빨며 품는 어미의 사랑에는 어떤 단서도 붙지 않는다. 아무 대가도 바라지 않는다는 점에서 그 사랑은 동물적인 것에 가깝다. 인류는 오래 지속되어 온 그 사랑 때문에 살아남은 것이다.

여기 "비가 수천의 하얀 팔을 뻗어/너를 안는다"라고 노래한 아름다운 시 한 편이 있다. 이기성의 〈포옹〉이다.

처음엔 〈포옹〉을 사랑의 시로 읽었다. 사랑에 빠진 마음을 보여준다고 믿었던 탓이다. 사랑은 삶을 약동으로 이끌며 메마른 마음에 기쁨이 넘치게 하고, 타자를 끌어들여 외로움을 해소하고 정념을 충족시키려는 욕망이 추동한다. 사랑은 세상이 의미로 충만한 것으로 보이게 하지만 사랑하는 자의 마음에 항상 회열이 넘치는 것만은 아니다. 사랑은 영혼이 교란되고, 전에 없던 혼란과 위기를 겪는 존재 사건이다. 그런 까닭에 사랑하는 자의 마음은 수시로 천국과 지옥을 오간다.

포옹[2]

이기성[3]

비가 수천의 하얀 팔을 뻗어
너를 안는다
흰 도화지 같은 공중에
너의 입을 예쁘게 그려줄게
주르륵 녹아 흐르는 입을 다시 그려줄게
똑같은 노래를 반복하는 파란 입술 그려줄게

비의 하얀 팔들은 어디로 가서
낯선 얼굴 어루만지는지, 어디로 날아가
검고 차가운 목덜미를 감싸며 흩어지는지

아직 해야 할 이야기가 있고
아직 따뜻하고 고요한 뺨이 있다는 듯
주황색 포클레인이 우뚝 멈춰 있다
부서진 옥상 위
아이의 슬리퍼가 고요히 젖고 있다

비의 팔들은 모두 어디로 날아가는지

퍼붓는 빗속에서 아이는
하염없이 입을 벌리고 걸어간다

비가 수천의 하얀 팔을 뻗어 '너'를 끌어안는다. 이것은 상상 속에서만 가능하다. 왜 그럴까? 끌어안은 대상은 '너'인데, 시인은 그가 누구인지를 명확하게 밝히지 않는다. '너'는 입도 없고, 노래하는 입술도 없다. 시인은 '너'에게 "입을 예쁘게 그려줄게", "똑같은 노래를 반복하는 파란 입술 그려줄게"라고 약속한다. 비의 하얀 팔들은 공중을 날아다닌다. 날아다니다 보면 이 사람의 얼굴도 만지고, 저 사람의 목덜미도 만지게 될 것이다. 그 얼굴은 "낯선 얼굴"이고, 그 목덜미는 "검고 차가운 목덜미"일 것이다.

먼저 '너'라는 타자에 대해 생각해 보자. 시인은 '너'를 특정하지 않지만 '너'는 시인이 마음에 품은 한 사람일 것이라고 추측할 수 있다. '너'는 '나'의 저편에 있는 대자적 존재다. '너'는 밥을 먹고 잠을 자며 무슨 일인가를 하며 살아갈 것이다. 시인이 '너'를 특정하지 않은 까닭은 '너'가 멀리 있기 때문이다. 어찌 된 이유인지는 모르지만, '너'는 '나'에게서 멀리 있다. 혹은 어디에서 무얼 하며 떠돌고 있는지조차 모른다. '너'는 '나'의 지각 영역 저 바깥에서 떠돈다. 따라서 "수천의 하얀 팔을 뻗"는 비가 어디로 가서, 어디로 날아가서 얼굴을 만지고, 목덜미를 쓰다듬고, 그 누군가를 포옹하는지 알 수가 없다.

지금 여기에 없는 '너'는 헤어진 연인일까? 그렇다면 '나'는 마음이 허전하거나 슬프거나 쓸쓸할 것이다. 한때 사랑했던, 지금도 잊을 수 없는 '너'는 여기에 없다. 비에서 연상한 "하얀 팔"로 누군가를 포옹하는 상상은 그래서 가능했을 테다. 그 상상을 지탱하는 것은 허전하고 슬프고 쓸쓸한 마음이다. '너'를 끌어안는 이 포옹은 환대의 행위이고, 애틋한 다정함의 표현이다. 하지만 상상 속에서만 가능하기에 이 포옹은 허전하고 공허한 일이 될 것이다.

시인은 멈춰 있는 "주황색 포클레인"을 주목한다. 비와 주황색으로 존재감을 선명하게 드러내는 포클레인은 실은 아무 상관이 없다. 포클레인은 비를 맞으며 서 있는데, 아마도 그것은 고적한 시인의 마음에 조응하는 상관물인지도 모른다. 주황색 포클레인이 비를 맞으며 서 있는 것은 "아직 해야 할 이야기가 있고/아직 따뜻하고 고요한 뺨이 있"기 때문이다.

따뜻한 뺨에 뺨을 맞대고 부비고 싶은데, 그 대상은 여기에 없다. 부서진 옥상 위와 비에 무심히 젖고 있는 아이의 슬리퍼가 만드는 이 쓸쓸한 풍경이 말하는 것은 무엇인가? 아이의 슬리퍼는 지금 여기에 아이가 없다는 사실을 암시한다. 포옹의 대상이 연인이 아니라 아이였단 말인가? **아이는 빗속에서 입을 벌리고 하염없이 걸어간다.** 이 시는 아이를 잃은 자의 마음을 노래한 것인가? 나는 이 시를 잘못 읽은 것일까? 상실과 부재가 낳은 슬픔을 머금은 이 시는 연인을 잃은 자의 마음이 아니라 아이를 잃은 자의 슬픔을 노래한 것이다.

아이는 작고 부드러운 존재, "울면서 희고 가볍고 공기처럼 투명"(《범람하다》)해진 바로 그 아이일까? 아이는 "종일 까만 눈으로 벽지를 뚫어지게 보"고, "흰 입술로 텅 빈 말을 중얼거렸" 던 바로 그 아이, 무슨 이유에선가 사라졌기 때문에 영원히 자라지 못하는 그 아이다. 아, 알겠다! 시인의 무의식적 상상 세계에 죽어서 영원히 자라지 않는 아이가 있다. 빗속을 걸어가는 아이의 벌어진 입은 "호스처럼 벌어진 목구멍 속으로/밤의 어두운 골목이 사라지고/노숙자의 커다란 발과 늙은 고양이가 사라"(《합창》)진 그 이상한 입구가 아닌가.

그 아이는 빗속을 걸어가고, '나'는 세상에 없는 그 아이의 뺨을 미치도록 부비고 싶고, 그 작고 따뜻한 몸통을 미치도록 안고 싶다. 그 갈망이 뻗어나가 내리는 비에 수천의 하얀 팔을 주고, 그걸로 빗속에서 어디론가 가는 가엾은 아이의 뺨을 비비고 목덜미를 끌어안으려는 안타까운 몸짓을 보여준다.

우리 생이 비극과 무참함을 안고 있는 한에서 그것은 "어두운 장르"(《크리스마스》)일 것이다. 우리는 "검게 탄 열매처럼 정오의 허공에서 툭 떨어진 태양"(《스틸 라이프》) 아래에서 생이 품은 조악하고 짧은 비극들을 견뎌내야만 한다. 일체의 기대를 내려놓은 자에게 생의 시간이란 "횡단보도 옆에 쓰러진 자전거의 검은 체인이/홀로 몇 바퀴 더 돌다/멈출 때까지"(《히치하이커》)의 무의미한 정동의 찰나에 지나지 않는다. **이 세상 모든 늙은이의**

딸들은 더없이 늙어가고, 다 마시지 못한 채 탁자에 놓인 찻잔 속 차는 식어간다. 그 찰나 우리의 생은 저 짐작조차 할 수 없는 미지의 시간 속으로 흘러가는 것이다.

1   로버트 롤런드 스미스, 《이토록 철학적인 순간》, 남경태 옮김, 웅진지식하우스, 2014, 209쪽

2   이기성, 《채식주의자의 식탁》, 문학과지성사, 2015

3   이기성(1966~)은 서울에서 태어났다. 이화여자대학교 국문과와 같은 과 대학원을 마쳤다. 1998년 《문학과사회》에 시 〈지하도 입구에서〉 외 세 편을 발표하며 등단하고, 《불쑥 내민 손》 《타일의 모든 것》 《채식주의자의 식탁》 등 시집 세 권을 펴냈다. 늘 세상에서 숨고 사라지려는 시인은, "밤의 심장에 고개를 처박고 창백한 고백을 몰래 만져"보는 이 내면성의 시인은, 오늘의 만찬에 초대되어 "번쩍이는 강철 나이프와 포크를 들고, 광활한 모국의 식탁 위에서 덜덜 떨면서" 앉는다. 접시 위에는 "당신의 잘린 목"(〈채식주의자〉)이 놓이는데, 이 식탁의 난감함은 실존의 부조리에 대한 은유다. 채식주의를 지향하는 주체의 의지와는 달리 육식의 식탁에 앉은 난감함이라니! '나'에게 다른 선택의 여지는 없다. '나'는 "당신의 존재를 덥석 베어 물고", "뜨거운 혀로 당신의 표면을 어루만지고", "날카로운 이빨로 차가운 뼈와 뼛속에 감춘 권태의 쓴맛을 찢어발"긴다.(〈채식주의자의 식탁〉) 이기성의 슬픔과 창백한 목소리의 시는 그런 배경 속에서 나온다.

얼마나 더
울어야

문장이
될까

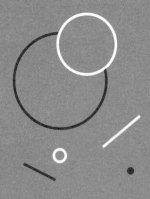

이혼이나 이별이 관계의 불행에서 벗어나는 실현 가능한 최선의 방식 중 하나일 수도 있다. 누군가는 더 폭악해지는 불행을 막으려고 더 작은 불행 속으로 들어간다. 혼자 외로움에 고립되어 떠안는 불행을 선택조차 할 수 없는 난감한 사태도 있다. 부자간이나 모녀간같이 혈육 관계의 불화가 빚은 불행들이 그렇다. 내가 자발적으로 선택하지 않은 이 관계에서 파생된 불행은 인력으로 벗기 어렵다. 맺었으나 풀 수 없음, 그 불가능성으로 이 불행은 참혹한 것으로 변한다. 이 속수무책의 불행에서 벗어날 수 있는 단 한 가지 방식은 죽음이다. 죽음만이 이 관계의 포박에서 놓여나게 하고 비로소 자유를 준다.

흔치 않은 불행이지만 이를 겪는 이의 고통은 작지 않다. 부모와 자식 간의 인연은 배꼽, 태반, 양수에서 시작되고, 이 인연은 생물학적 동일체의 탄생에 연루되어 있다. 출산은 자식이나 부모에게 돌이킬 수 없는 생물학적 사건이다. 이 인연을 끊는 일은 존재의 근거와 천륜을 부정하는 일이다. 김소월의 〈부모〉는 '나와 부모의 관계가 "어쩌면 생겨나와" 불가피하게 맺어진 인연임을 말한다. 이 인연의 먹먹함으로 더러 울던 날도 있었으리라. 울음은 문장이 되지 않는다. 울음은 언어 이전 감정의 파국에서 터져 나오는 단말마이기 때문이다. 울음은 완벽해서 어떤 수사학의 도움을 받을 필요가 없을지도 모른다.

어쨌든 부모와 자식 관계는 먼 과거에서 시작되지만 끊임없이 현재화하면서 그때마다 새로운 국면을 빚어낸다. '나'의 생물학적 몸은 '나'를 낳아준 부모의 염색체와 연결되어 있다. 자식은 부모에게서 태어남으로 개체성을 부여받지만, 자식과 부모는 둘이 하나로 이어진 '긴 몸long body'의 생을 이룬다. 이 긴 몸을 둘로 나눌 수는 없다. 이 분리할 수 없음이 관계의 윤리학이 빚어지는 근거다.

시골에 살며 많은 새들을 봤다. 곤줄박이, 붉은머리오목눈이, 딱새, 물까마귀, 뻐꾹새, 종달새, 휘파람새, 까마귀, 멧비둘기, 딱따구리, 가창오리, 왜가리… 앵두와 양보리수와 버찌가 익으면 온갖 새들이 날아와 쪼아 먹는다. 대기가 코발트 빛으로 빛나는 여름 새벽 새들은 벌써 깨어나 청아한 목소리로 노래한다. 나는 새벽마다 새소리를 들으며 깨어났는데, 그 새벽은 망망대해 같은 고독 속에서 큰 위로를 받고 기쁨을 얻는 순간이다.

인간과 새의 관점에 차이가 있는 것은 분명하다. 이 두 부류는 뇌의 크기가 다르고 감각계가 다르다. 맹금류의 눈은 정밀도가 뛰어나 세세한 것을 보고, 올빼미의 눈은 민감도가 뛰어나 어둠 속 사물을 잘 본다. 새는 대체로 인간보다 훨씬 더 뛰어난 시각을 갖고 있는 셈이다. 새들에게는 인간에겐 없는 자각磁覺 기능이 있다. 철새가 수천 킬로미터를 이동할 때 이 자각 기능으로 방향을 탐지하고, 지구 자기장으로 위치를 인식한다. 지구 자기장을 감지하는 이 명민한 새들과 더불어 지구에 산다는 것은 우리에게 주어진 무상의 축복이다.

낌새[1]

산새 죽은 자리 깃털 분분하다
먹고 싸는 일을 직방으로 해치우며 살아온
날 것의 최후답게 말끔하다
뼛속까지 텅 비었으니
해체도 간단했으리라
새로서야 몸의 하중이 가벼울수록
자유로운 비행이 수월해서라지만
새도 아닌 노모
사소한 동작에도 분질러지고 바스러져
툭하면 깁스 신세다 얼마 전엔
잇몸뼈까지 도려냈다 그뿐인가
지리는 일 잦아져 바깥출입도 삼간다

기필코 날고야 말겠다는 듯
하루하루 새를 닮아가는

나도 시골에서 죽은 새를 여러 번 보았다. 더 힘센 조류의 부리와 발톱에 해체된 산새의 주검! 그 자리에 살점 흔적은 없고 깃털들만 분분하게 날린다. 우리가 존재하는 우주는 '코마 koma'의 영역, 즉 생물적 욕망과 필요로 얽혀 있다. 약육강식의 먹이사슬로 얽혀 먹고 먹히는 일이 일상다반사로 일어난다. 먹고 먹힘을 통해 자연은 끝없는 에너지 순환을 가능하게 한다.

새들이 자연에서 생을 구하고 죽음을 맞는 방식은 지저분하지 않고 말끔하다. 산새의 죽은 자리가 놀랄 정도로 깔끔한 것은 삶의 방식과 관련이 있다. 새는 먹고 싸는 일을 직방으로 해치우며 살았던 것이다.

그렇다면 사람은? 시도 때도 없이 먹고 배설한다. 먹고 싸는 일의 무분별함 이면에는 탐욕과 이기주의, 기만과 허언들이 엉겨 있다. 인류는 지구 생태계를 오염시키고 교란시킨다. 배신당하고 상처를 입으며, 누군가를 배신하고 상처를 입히기도 할 것이다. 그리고 "미안하다 잘못했다 어쩔 수 없었다"(《늙은누룩뱀의 눈물》)라고 한다. 원하는 것을 손에 쥐지 못한 욕망은 그르렁거리고, 불만과 우울증으로 마음은 병이 든다.

사람으로 사는 일은 잇속을 따지고, 삶의 복잡함과 관계들의 얽힘을 껴안고 견디는 일이다. 사람에 견주자면 새는 얼마나 단순한가! "뼛속까지 텅 비었으니/해체도 간단했으리라". **새들은 뼛속까지 텅 비우고 단순하게 살다가 깨끗하게 죽는다. 그 단순한 새의 생태는 우리를 부끄럽게 한다.**

이 시는 사는 일의 버거움을 감당하다가 마침내 삭막하게 늙은 노모의 모습을 그려내는데, 아마 노모는 시간에 쫓기며 그렇게 팍팍한 삶을 살아왔을 것이다. 자신을 돌볼 시간도 없고, 여가를 충분히 즐기지도 못한 채! 왜 그럴까?

"시간에 쫓긴다는 것이 예측 불가능성과 통제권 박탈의 결과라고 한다면, 진정한 여가는 자신에게 그 경험에 대한 일정한 통제권과 선택권이 있다고 느낄 때 가능하다."³

인간은 미래를 완벽하게 예측하지 못하고, 미래를 통제할 수도 없다. 그러니 여가도 없다. 세월과 더불어 나이를 먹는데, 나이의 침범은 미세하면서도 끈질기다. 나이란 "우리 주변과 우리 내부를 관통하며 짜인 그물"⁴이다. 그 그물에 걸리면 아무도 빠져나가지 못한다. **우리는 시간에 쫓기며 허겁지겁 살다가 문득 늙어가는 자신과 마주친다.** 늙는 것은 필연적으로 시간과 인생의 가능성이 축소된다는 뜻을 품는다.

"나이가 들수록, 우리의 젊음은 소리 없이 시간 속으로 확장되는 반면, 우리의 노년은 거꾸로 축소된다."⁵

누구에게나 사는 일은 버겁다. 시인도 그 버거움을 견디며 살다가 문득 제 곁에서 고사목같이 늙은 어머니를 발견하고 놀란다. 그리고 자신의 삶도 노모와 크게 다르지 않을 것임을 직관한다.

사람은 노경에 이르러서 생명의 마지막 변화를 맞는다. 등뼈가 굽고, 육체는 주름이 가득한 채로 쇠락한다. 노경은 인생이란 연극의 종막이다. 우리 뇌가 짜낸 기억의 태피스트리는 방대하지만 그것을 다 챙기지 못한다. 기억은 드문드문 끊어지며 끊어진 것의 이음새는 자꾸 헐거워진다. 기억의 힘보다 망각의 힘이 더 세지는 것은 늙음의 유력한 징표다.

노화는 젊음의 빛을 잃고 스스로 어둠의 거대한 아가리로 걸어가는 여정이다. 죽음은 길게 끌고 온 여정의 파국이고 종말이지만 동시에 불가피한 노쇠와 고통에서 벗어나는 구원이자 행운이다. 죽음이 "무한으로 이끌어주지는 못하더라도 최소한 쇠약에서 벗어나게 해주는 자비"라는 것에 동의한다. 새의 주검에 노모를 겹쳐 보는 일은 특별하지 않다. 노모의 뼈는 속을 비운 새의 뼈같이 약해진다. 그래서 "사소한 동작에도 분질러지고 바스러져/툭하면 깁스 신세다 얼마 전엔/잇몸뼈까지 도려냈다"고 한다. **노모는 비우고 바스러지고 도려내며 죽음을 예비한다. 점점 더 새를 닮아가는 노모와 함께 사는 일은 애련하다.**

시의 문면에 따르면, 시인과 어머니 사이는 그다지 좋지 않다. 시인은 어머니와 인연을 끊으려고 멀리 달아난 적도 있다. 그러나 나이가 들면서 시인과 어머니는 불화를 끝낸다. 시인의 삶은 그 어머니와 화해에 이르는 도정이라고 말할 수도 있겠다.

인생은 "소심함과 머뭇거림과 뒷걸음질/미주알고주알과 하찮음과 오지랖"(〈내 시의 출처〉)들로 이루어진다. 그것은 "외롭고 높고 쓸쓸한" 일이고, 동시에 "담대하고 장엄하고 매혹적인"(《파일럿》) 일일 것이다. 죽음은 인생이 펼친 그 모든 것들을 닫는 일이고, 인생이라는 노역에서의 최종적인 해방이다. 시인은 날마다 새처럼 나는 연습을 하는 노모를 바라보는데, 그 눈길에 담긴 것은 "기필코 날고야 말겠다는 듯" 하루하루 새를 닮아가는 노모를 향한 동병상련이겠다!

1   손세실리아, 《꿈결에 시를 베다》, 실천문학사, 2014
2   손세실리아(1963~)는 전북 정읍에서 태어났다. 2001년 《사람의문학》으로 등단했다. 시인은 약하고 천하며 버려진 것들을 제 슬하로 거둬들여 먹이고 입히며 그것들을 데려와 시로 빚는다. 시집으로 《기차를 놓치다》 등이 있다. 시인이 제주도 조천으로 삶의 근거지를 이전했다는 소식을 풍문으로 들었다. 왜 태어난 곳도 살던 곳도 내륙인데, 그 낯익은 내륙의 삶을 버리고 낯선 삶 속으로 들어갔을까? 그 까닭을 〈바닷가 늙은 집〉은 이렇게 전한다. "제주 해안가를 걷다가/버려진 집을 발견"하는데, 폐가는 "뼈대란 뼈대와 살점이란 살점이 합심해/무너뜨리고 주저앉히려는 세력에 맞서/대항한 이력 곳곳에 역력"하다. "얼마 남지 않은 나의 생도 저렇듯/담담하고 의연히 쇠락하길 바라며/덜컥 입도入島를 결심"한다. 덜컥 입도다! 좀 더 들여다보면, 숨을 데가 필요하고, 맺힌 설움을 토로할 품이 필요했던 탓이다. 시인은 제주도에 내려와 조천의 "해안가 마을 길에 찻집을" 냈는데 "발길 뜸하리란 예상 뒤엎고 성업"(〈문전성시〉) 중이다.
3   브리짓 슐트, 《타임푸어》, 안진이 옮김, 더퀘스트, 2015, 379쪽
4   로버트 그루딘, 《당신의 시간을 위한 철학》, 오숙은 옮김, 경당, 2015, 174쪽
5   그루딘, 앞의 책, 171쪽
6   로버트 롤런드 스미스, 《이토록 철학적인 순간》, 남경태 옮김, 웅진지식하우스, 2014, 275쪽

우리는
언젠가

극장에서
만날 수도 있겠지

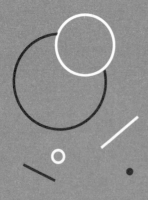

타자는 가까운 곳에 있어도 존재의 가장 먼 곳이다. 타자는 먼 곳에 있는 게 아니라 먼 곳 그 자체다. 타자는 먼 곳에서, 다른 곳에서 온다. 나는 곧 자기 초월성으로 실현된 타자다. 타자는 지리적인 것과는 무관한 그 먼 거리로 인해 근원적인 동경을 자극한다. 또한 미지성으로 멀어진 채 무연해지는 것이다.

나는 타자 앞에 서 있는 또 다른 무수한 타자 중 하나다. 말로 다할 수 없는 가능성의 존재, 거의 아무것도 아닌 존재, 그게 바로 나다. 거울에 비친 나의 역상으로서의 타자는 시간의 너울, 기억의 너울이다. 타자는 나와 다른 장소에서 겪은 시간과 기억을 제 안에 쟁이고 쌓아 내적 밀도를 만든다. 나는 타자와 날마다 같은 지하철과 편의점에서 비껴간다. **타자는 아직 발견되지 않은 나, 내가 모른 채 살아가는 나, 내 존재 바깥에서 미끄러져 사라지는 나일 테다.**

나는 타자에게로 향하는 도상의 존재다. 나는 타자를 장소로서가 아니라 사건으로서 겪는다. 내가 그렇듯이 타자 역시 날마다 자신을 빚으면서, 동시에 빚은 것을 조금씩 허문다. 오늘의 나는 어제의 나와 똑같지 않다. 오늘의 나는 어제의 허물을 벗고 새롭게 태어난 존재인 것이다.

타자의 고유성은 나와의 차이도 아니고 비고유성이 만든 결과물도 아니다. 차라리 내 고유성의 동기다. 나는 타자의 이방인이라 할지라도 타자를 향해 있고, 타자의 욕망을 훔치거나 닮고자 하는 성향을 바꾸지는 않는다. **나는 타자의 욕망을 욕망하고 타자 그 자체를 욕망한다. 나는 타자를 마시고 삼키면서 나를 빚는다.**

오늘의 타자는 디지털 네트워크 안에서 동일한 것의 과잉으로 바글거린다. 이는 곧 타자성의 소멸이란 결과를 낳는다. 우리 시대의 많은 이들이 타자라는 아우라가 지워진 채 텅 빈 공허로 떠돈다. 텅 빈 공허로 떠도는 타자들! 차이가 없는 것의 과잉 속에서 타자를 향한 욕망은 불가능하다. 나의 존재함은 타자를 전제할 때 비로소 가능하다. 타자는 나를 살게 하고, 더러는 나를 죽음에 이르게 한다. 나의 구원이 항상 타자에게서 온다는 점을 잊어서도 안 된다. **타자는 나의 지옥이자 천국이다.**

타자가 없다면 존재함의 가장 중요한 동기와 기반을 잃는 것이나 마찬가지다. 내가 누구인지를 말할 수 있는 자는 타자뿐이다. 그런데 타자가 사라지고 있다! 타자가 사라진 자리에 타자가 벗어버린 가면만이 뒹군다. 즉, 내 욕망을 복제한 듯 똑같은 욕망의 감염만이 창궐한다. 이것은 지옥이 도래하리라는 무시무시한 전조다. 우리 앞에 타자라는 최후의 보루가 사라진 끔찍한 미래가 펼쳐지려고 한다.

우리가 극장에서 만난다면[1]

송승언[2]

언젠가 우리는 극장에서 만날 수도 있겠지. 너는 나를 모르고 나는 너를 모르는 채. 각자의 손에 각자의 팝콘과 콜라를 들고. 이제 어두운 실내로 들어갈 것이다. 여기가 어디인지 모르는 채. 의자를 찾아서 두리번거리지. 각자의 연인에게 보호받으며. 동공을 크게 열고, 숨을 잠깐 멈추고. 우리는 함께 영화를 볼 것이다. 우리가 함께 본 적이 있는. 어둠 속에서 사건들은 빛나고. 얼굴의 그늘을 밝히고. 우리가 잊힌 시간들을 생각하면서. 팝콘 한 움큼 쥐려다 서로의 팝콘 통을 잘못 뒤적거리고. 손이 엇갈릴 수도 있겠지. 영화가 뭘 말하고자 했는지 모르는 채. 깊이 없는 어둠으로부터. 너와 나는 혼자 나올 것이다. 두리번거리며, 눈 깜빡이며. 그때 너와 나는 텅 빈 극장의 내부를 보게 된다. 한 손에 빈 콜라병을 들고서.

이것은 연애시인가? 가정법 아래 쓰인 시, 실제 만난 것이 아니라 우연의 겹침 속에서 만날 수도 있다는 전제 아래 쓰인 시다. 각자 연인이 있는데, 우연히 같은 극장에서 같은 시간대에 같은 영화를 본다. 같은 극장, 같은 시간대, 같은 영화를 보고 있지만 두 사람은 상대를 모른다. 각자 거리를 유지하고 제 몸에 제 존재를 숨긴 채 영화를 보고 있으니까.

사랑은 한 존재가 다른 존재를 초대하는 일이다. 어디로? 내가 있는 곳, 내가 빚어지는 곳, 내가 존재하지 않는 곳이 아니라 나로 머물며 존재성이 생성되는 바로 그 자리로! 이 시에서 그런 초대는 일어나지 않는다. 영화가 끝나자 두 사람은 서로를 모르는 채 극장 바깥으로 밀려 나간다. 그리고 극장 바깥에서 "텅 빈 극장의 내부"를 바라본다. 한 공간에서 같은 영화를 보고 나와서도 서로의 존재를 까마득하게 모른 채로.

이것은 연애시인가? 나는 그렇다고 말한다. 이 사랑은 현재 시제의 것이 아니라 앞으로 일어날 수도 있는 개연성이 자욱한 사건이다. 시인이 그려낸 것은 사랑이 아니라 사랑에 대한 백일 몽이다. 한 남자가 한 여자를 사랑하는 것은 그 여자가 처한 상황에 들어가서 그 여자의 존재성을 확장하는 데 힘을 보태는 행위고, 그 여자의 부재 가능성 자체를 말소하는 행위다.

연애는 상대를 낳는 산파술이다. 연애를 하는 데 큰 사회적 비용이 지불되는 것은 연애가 분명 존재 역량의 소모가 많은 일 중 하나인 까닭이다. 연애는 많은 돈과 시간을 들이는 일이고, 여러 소모와 불편이 따르는 일이다. 그럼에도 사랑에 빠진 이들은 자발적으로 그 모든 불편과 소모를 기꺼이 받아들인다. 물질이건 시간이건 생명 자원이 유한하다는 맥락에서 보자면, 사랑에 집중하는 이 투자는 놀라울 만큼 무분별할 뿐만 아니라 비합리적인 것투성이다.

동물에게는 사랑은 없고 생식을 목적으로 하는 교미만이 있다. 오직 사람만이 사랑을 하고, 사랑을 위해 온갖 불편과 장애를 기꺼이 감수한다. "사랑이란 불편한 삶의 가장 세련된 형태"[3]라는 것에, 나는 기꺼이 동의한다.

사랑은 두 존재의 열림으로만 가능하다. 두 입술이 만나 입을 맞출 때, 입술은 열린다. 열림은 존재 교환의 가능성을 향한 열림이다. "열림은 교환을 허용하고, 움직임을 보장하며, 소유나 소비의 포화를 막"는데, 이것은 "재현될 수 없고, 객체로 만들어질 수도 없으며, 어떤 위치 또는 존재로 재생산될 수도 없는 상태", 즉 망각 안에 머무른다.[4] 교환의 가능성은 반쯤 열린 두 입술에서 시작한다. 입술은 귀, 질, 항문과 더불어 닫힌 피부 존재에게는 드문 열린 곳이다. 열린 데는 대개 성감대가 집중적으로 발달한 곳이다. 이곳이 사랑의 입구들이기 때문이다. 사랑은 이 입구로 들어와 존재 안쪽까지 파고들어 가는 것이다.

반면 애무의 손길 아래서 입구가 없는 몸은 다시 태어나고, 부분이 뭉개진 전체로서 몸의 포옹은 개별화된 몸의 경계를 확정 짓는 데 기여한다.

현실에서 살아가는 일이 제 "묘혈 파기"라면 극장에서 영화 보기는 타자의 "꿈속 들여다보기"쯤 될 것이다. 우리는 극장에서 오락의 즐거움을 위해 비용을 지불하고 한두 시간 정도를 보낸다. 영화에 더 집중하려고 "동공을 크게 열고, 숨을 잠깐 멈추"기도 하겠지만 영화란 의지와 약동의 세계가 아니라 몽환과 허구가 빚은 세계다. 영화는 인간의 판타지와 감각적 기쁨을 담은 드라마다. 우리가 영화에서 기대하는 것은 거창한 의미가 아니라 재미와 놀라움, 더러는 공포와 한 줌의 웃음이다. 때로는 우주에 대한 신비하고도 환상적인 모험일 수도 있다. 우리는 영화를 보며 꿈속 현실을 진짜 현실인 것처럼 속아주며 울고 웃는다. 그렇게 영화를 감상하며 현실의 중압감을 벗고 잠시나마 존재의 이완을 겪으며 무질서하게 흩어진 삶의 역동적인 리듬을 되찾는다.

시적 화자는 사랑을 희미하게 갈구하지만, 그것에 실패하는 듯 보인다. 그 실패에 대해 "내가 온 벤치에 너는 오지 않고 있었다"라거나, "우리는 여전히 둘일까 목이 막혔다 개별적인 나무에서 개별적인 꽃이 피었다"(《여름》)라고 적는다. 서로 모르는 채

한 극장에서 같은 영화를 보고 나온 남자와 여자는 "텅 빈 극장의 내부"를 본다. 이들이 극장에서 본 것은 현실이 아니라 현실의 이미지, 현실의 판타지일 것이다. 그들은 극장 내부가 텅 비어 있다는 사실에 놀랄 수도 있다. 조금 전만 해도 관객으로 채워졌던 극장 내부가 텅 비어 있으니까. 텅 빈 극장이란 우리가 살다 죽는 사회 환경에 대한 표상일 수도 있고, 영구적 의미를 만들지 못하는 인생의 속절없음에 대한 표상일 수도 있겠다. 여기서 중요한 것은 본다는 사실이다.

우리는 바라봄과 보지 않음 사이에서 타오른다. 이 타오름의 중심에 욕망이 있다. 이 타오름에서만 우리는 살아 있음을 실감한다. 시선의 명징함 아래서 종종 과잉의 상실이 일어나는데, 그 상실 중 가장 큰 사건이 죽음이다. 우리가 깨어서 무엇인가를 볼 때 이 행위는 살아 있음을 담보로 한다. 시선의 명징함은 죽음을 향한 완강한 거부다.

보는 것들 너머에 많은 보이지 않는 것들이 있다. 따라서 보는 것들이란 보이지 않는 것들의 그림자에 지나지 않는다. 시인은 우리를 감싸는 환경, 즉 우리가 보는 것의 세계를 "해변"이라고 명명하며 "해변에 버려졌다/알 수 없는 해변이었다"(〈유형지에서〉)라고 쓴다. 누구에게나 이 지구는 빛으로 넘실대는 유형지일 것이다. 삶들은 저마다 이 유형지 속에 내팽개쳐진 채 바글거린다. 아마도 당신은 이 유형지에서 내가 누구인가를 묻는 사람일지도 모른다. 이 유형지에서 우리는 깨어 있고, 알 수 없는 해변은 우리와 무연하게 넘쳐나는 빛을 받아 빛날 뿐이다.

1 송승언, 《철과 오크》, 문학과지성사, 2015
2 송승언(1986~)은 강원도 원주에서 태어났다. 중앙대학교 문예창작과를 졸업하고, 2011년 《현대문학》으로 등단했다. 《철과 오크》는 첫 시집이다. 낯선 언어, 낯선 감각으로 문단에 막 들어선 젊은 세대 중 하나다. 그의 시에서 거대 서사는 그림자조차 찾을 수가 없고, 거기에서 쪼개져 나온 작은 삶들이 우글거린다. 그는 사소한 생활, 사소한 감정을 시로 쓴다. 그는 지엽적인 삶에 집중하는데, 그 삶은 살지도 죽지도 않은 채 그냥 무한히 자라나는 삶이다. 이 보통의 삶에는 영웅적인 승리도 인생의 큰 실패도 없다. 밋밋한 삶의 앞과 뒤로 권태와 지루함만이 번창한다. 그런 지엽적인 것 주변으로 모호한 이미지들이 바글거린다. 빛과 어둠이 교차하고, 여름과 겨울이 차례로 닥치는 공원, 교실, 숲, 과수원, 야영지, 극장 등등에 지엽적인 삶에서 파생된 이미지가 번식하고 퍼져나간다. 어쩌면 그는 그 모호한 이미지 채집자일지도 모른다.
3 프레데리크 시프테, 《우리는 매일 슬픔 한 조각을 삼킨다》, 이세진 옮김, 문학동네, 2014
4 뤼스 이리가라이, 《근원적 열정》, 박종오 옮김, 동문선, 2001

거울에
비친

상과
싸우다

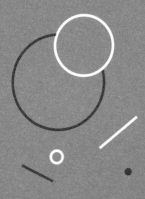

거울은 마술적 사물이다. 언제 처음 거울에 비친 내 모습을 봤는지 기억은 또렷하지 않다. 외재적 사물인 거울에 비친 나를 바라보았을 텐데, 이 전례 없는 기물의 첫 등장에 화들짝 놀랐을 게 분명하다.

거울은 나를 비춰 보는 외부의 사물이다. 나는 외부 세계를 보는 자이고, 거울은 나를 포함한 대상들이 출몰하는 장소다. 거울에서 나를 본 첫 순간, 거울에 비친 또 하나의 나를 통해 내가 세계를 바라보는 자임을 선취했을 것이다. 바라보이는 자와 바라보는 자가 하나로 겹쳐진 찰나, 세계를 '본다'라는 자의식의 맹아가 내 안에서 싹을 내밀었을 것이다.

거울은 우주의 눈이고, 또 나의 눈이기도 하다. **저기에 내가 있다! 거울의 눈동자가 나를 빤히 보고 있다.** 거울 밖에서 내가 거울 속의 나를 본다. 내가 놀란 것은 실재계가 분할할 수 있다는 가능성의 세계에서 돌연 내 지각에 균열이 일어난 탓이다. 거울에서 나를 보는 그 순간은 "일종의 재교배가 일어나는 때", "느낌-느껴짐의 불꽃이 타오르는 때"다.[1]

거울은 제 앞의 대상을 삼키는 검은 구멍이다. 거울은 대상을 삼키고 동일한 것의 표상을 토해낸다. 내 모습을 찍은 사진이 그렇듯이 거울에 비친 나는 나와 똑같지만 그것은 실재가 아니다. 거울에 비친 상은 실재를 반사하는 이미지, 환영, 이차

70

적 표상이다. 어쨌든 모든 인간은 거울을 대면하면서 실재계와
다른 상상계를 엿본다. 거울을 통해 나를 본 뒤 나는 결코 그
이전으로 돌아갈 수 없음을 깨닫는다.

　많은 시인들이 거울에 대해 썼다. "거울속에는소리가없소/
저렇게까지조용한세상은참없을것이오"(《거울》)라는 이상의 시에
서 거울은 분열된 자아를 비추는 도구-사물로 나온다. 1930년
대 경성의 근대인 이상은 "거울속의나는왼손잡이요/내악수를
받을줄모르는-악수를모르는왼손잡이요"라고 노래했다. 거울을
통해 제 초췌한 모습을 보았을 이상 시의 화자는 밖의 '나'와 속
의 '나'로 분열한다. 이상은 거울을 통해 보이는 대상을 보면서
동시에 보이지 않는 대상 너머를 보았다. 분열된 자아란 보이지
않는 곳의 풍경이다.

　사람과는 달리 동물은 제 눈에 보이는 것들만 본다.
　"동물은 몰이해라는 좁은 심연의 건너편에서 인간을 뚫어져
라 본다."[2]
　동물의 바라봄은 몰이해라는 한계, 인지적 지평의 한계에
머문다. 동물에게 보이는 것 저 너머는 존재하지 않는다. 보이지
않는 곳의 또 다른 자아 따위는 인지하지 못한다는 뜻이다.

장닭[3]

윤희상[4]

큰 누님이 결혼한다고 도배하는 날,
방안의 장롱을 마당으로 꺼내놓았다
그래서, 마당에서 놀던 장닭과
장롱 거울 속의 장닭이 만났다

한쪽에서 웃으면, 다른 한쪽에서 웃고
한쪽에서 폼을 잡으면, 다른 한쪽에서 폼을 잡고
한쪽에서 노래하면, 다른 한쪽에서 노래했다

그러다가, 갑자기
장닭이 장닭에게 덤벼들었다
서로 싸웠다
놀란 사람들은 하던 일을 멈췄다
누가 먼저 덤벼들었는지 모른다
다행히 장닭은 크게 다치지 않았다
거울이 깨졌다

사람들은 눈앞의 장닭이

거울이 깨지면서
거울 속에서 걸어나온 장닭인지
마당에서 놀다가 거울 속으로 걸어들어간 장닭인지
아니면, 또 다른 장닭인지
아무도 알지 못했다

〈장닭〉은 도배를 한다고 마당에 내놓은 장롱 거울 속의 제 모습에 놀란 수탉이 그것과 싸우는 이야기를 담은 시다. 수탉이 거울 속의 제 모습에 놀라 사납게 덤벼드는 광경은 신기했을 테다. 그랬으니 사람들이 놀라서 일손을 놓고 그 광경을 지켜보았을 것이다.

시인은 이 소동의 전말을 담담하게 전하는데, 사실 이 수탉이 보인 행동은 어리석고 우스꽝스러운 것이다. 거울이 수탉을 속이려고 든 적이 없으니, 수탉은 스스로 미망에 빠져 어리석은 행동을 한 셈이다.

윤희상의 시는 별다른 시적 기교 없이 평이한 어조로 되어 있다. 시를 읽는 데 별 까다로움이 없다. 시를 어렵게 쓰지 않는 게 시에 대한 그의 태도일 것이다. 그렇다고 그의 시를 쉽게 보아서는 안 된다. 쉬운 어조로 풀어내는 시에 되새겨 보아야 할 의미의 심연이 숨어 있다.

20세기 독일 철학자이자 파리의 산책자인 발터 벤야민Walter Benjamin은 거울로 넘쳐나는 아케이드의 매혹에 빠져들었다. 거울에 의해 공간은 "인공적인 넓이"를 얻고, "램프 불빛 아래에서 그것의 넓이는 몽환적일 정도로까지" 넓어진다. 거울과 거울을 마주 세우고 서로를 비추게 만들면 "거울 속에 무한에의 원근법"이 펼쳐지는데, 벤야민은 거울로 뒤덮인 공간에서 공간이 거울에서 무한 복제되며 확장되는 그 마술적 현상에 빠져든다.

"이러한 거울의 세계 또한 다의적, 아니 무한대로 다의적일 수 있겠지만 그러나 역시 거울의 세계라는 의미에서 양의적으로 남아 있다. 이 세계는 눈짓한다. 이 세계는 언제나 하나의 세계이지 거기서 다른 어떤 것이 나타나게 해주는 무無의 세계는 결코 아니다. 변신하는 이 공간이 그렇게 할 수 있는 것은 무의 품안에서뿐이다."⁵

벤야민은 현대적인 공간 안에서 거울은 온갖 눈짓과 시선들이 번성하는 자리라는 사실을 인지했다. 그리고 "시선들의 속삭임"이 아케이드를 가득 채우면 마침내 공간이 "시선의 속삭임에 메아리"를 보내고 있음에 주목한다.

거울은 빛을 그러모으고 그 빛을 반사해 낸다. 사람은 빛이 비치는 세계에서 빛 속에 거주한다. 더도 아니고 덜도 아니고 "산다는 것은/어둠을 건너는 것"이고, "빛을 본 사람이/어둠을 건널 수 있다"(《빛》). 거울은 빛이 있어야만 제 구실을 한다. 따라서 빛이 없으면 무용지물이다. 오직 빛이 있을 때만 제 앞에 놓인 사물과 풍경을 그대로 비춰 보일 뿐이다. **빛의 세계에서 거울은 그 자체로 하나의 세계이고 우주를 이룬다.** 한쪽에서 웃으면 다른 한쪽에서도 웃고, 한쪽에서 폼을 잡으면 다른 한쪽에서도 폼을 잡는다. 거울은 똑같은 세계의 일인 듯 저쪽의 일들을 그대로 비춰 보인다. 하지만 거울-세계에 거주하는 것은 실상이 아니라 허상들이다.

다시 집 마당에 내놓은 거울로 돌아가자. 수탉은 거울에 비친 제 모습을 다른 개체로 착각하고 덤벼들었다. 수탉이 거울에 덤벼든 것은 분별력을 잃은 행위다. 거울상에 덤벼든 수탉의 행위는 어리석기 짝이 없다. 시인에게 수탉의 어리석음을 탓하고자 하는 의도는 없다. 그러다 수탉이 거울을 부리로 세게 쪼아서 거울이 그만 깨지고 만다. 거울이 사라지자 거울에 비친 수탉의 상도 사라진다.

수탉은 아무 일도 없었던 것처럼 마당을 가로질러 어디론가 사라졌을 텐데, 시인은 그 수탉이 마당에 있던 그 수탉인지 아니면 거울 속에서 걸어 나온 것인지, 아무도 알지 못했다고 한다. 우리는 그 수탉이 애초에 마당을 거닐던 그 개체임을 안다. 시인이 그 수탉이 밖에 있던 것인지, 안에 있던 것이 걸어 나온 것인지 알 수 없다고 말하는 것은 거울이 아상을 비춰 보이는 그 무엇이고, 아상은 실재가 아니라 그림자라는 것을 말하려고 일부러 시치미를 떼고 능청을 부린 것이다.

거울이 깨지기 전까지 거울 안의 '나'와 거울 밖의 나는 하나다. 우리는 분별을 버리고 거울 속의 상을 향해 덤벼들 수 있다. **우리는 얼마나 자주 헛것을 향해 주먹을 내지르고 발로 차는 어리석음에 빠진 짓을 할까.** 보이는 것이라고 다 있는 것이 아니고, 진리라고 주장하는 것이 다 진리가 아니다. 있지도 않은 부재의 상과 싸우는 게 미망이다. 미망에서 벗어나려면 거울을 깨라!

〈장닭〉이란 시를 읽으며 배음으로 흘러나오는 '거울을 깨라!'는 목소리를 듣는다. 내가 너무 앞질러 간 것은 아닐까? 시인은 결코 소리 내어 말하지 않는다. 거울을 깨라는 소리는 시의 저 뒤쪽에서 들려온다. 시의 문면에는 나오지 않은 말이다. 시에서 정작 중요한 것은 문면 뒤에 숨어 있는 말하지 않은 말이다. 시인의 어법에 따르자면, 시인이 하는 말이 아니라 사물과 존재들에게서 나오는 속삭임들, 즉 "어둠이 하는 말"이다. 이속삭임, 이 어둠이 하는 말들은 다 비밀의 누설이다. 시인은 단지 사물들에게서 보고 들은 세계의 비밀을 다시 세계를 향해 발설하는 자일 뿐이다.

1   모리스 메를로-퐁티, 《눈과 마음》, 김정아 옮김, 마음산책, 2008. 43쪽
2   존 버거, 《본다는 것의 의미》, 박범수 옮김, 동문선, 2000. 12쪽
3   윤희상, 《이미, 서로 알고 있었던 것처럼》, 문학동네, 2014
4   윤희상(1961~)은 전남 나주 영산포에서 태어났다. "여러분 가운데,/자신이 고아, 사생아, 혼혈아, 전과자인 사람은/조용히 앞으로 나오세요"라는 말에 "나는 신발을 들고 앞으로 걸어나갔다"라고 쓴 〈징병검사장에서〉라는 시에 따르면, 그는 고아, 사생아, 혼혈아, 전과자라는 분류 중 하나에 속한다. "일본 여자가 사는 집은 우리집이고/일본 여자는 나의 엄마였다"라는 구절이 나오는 〈일본 여자가 사는 집〉에 따르면, 그는 혼혈아가 맞다. 광주에서 청소년 시절을 보냈다. 1980년 그가 고등학생일 때 광주항쟁이 일어났다. 계엄군이 시를 검열하던 그 시절 한 편의 시로 사람이 죽을 수도 있겠다고 생각했다. 서울예술대학교 문예창작과를 졸업하고, 1989년 《세계의문학》으로 등단했다. 시집으로 《고인돌과 함께 놀았다》 《소를 웃긴 꽃》 《이미, 서로 알고 있었던 것처럼》 등이 있다. 나는 어쩌다가 시인의 시집 두어 권을 읽었다. 시인은 서울에 살면서 줄곧 편집자로, 편집회사의 대표로 일하고 있다.
5   발터 벤야민, 《아케이드 프로젝트》, 조형준 옮김, 새물결, 2005, 1281쪽

가을날
햇볕 좋은

한
골목길에서

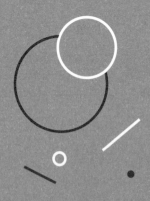

한때 우리는 골목길의 총아였다. 우리는 이 골목길에서 뛰고, 동무들과 놀이를 하며, 성장기를 보냈다. 골목길은 집과 집 사이의 공간으로, 이웃 간의 온정을 나누는 집과 세계 사이의 완충지대였다. 우리에게는 골목길이 세계의 전부였고, 이 안에서 영혼의 가장 중요한 부분이 빚어지는 시기를 보냈다. 기억과 상상력을 풍요롭게 일굴 수 있었던 것은 골목길 덕분이다.

만일 골목길이 없었다면 내 감정의 정원은 폐허나 다름없었을 테다. 우리 모두는 골목길의 돌봄 속에서 자라난 골목길의 수혜자다. "골목길은 느림과 온정과 공동체와 유년과 놀이와 아늑함과 따스함으로 구성된 일련의 의미 계열"에 속하고, "속도, 계산, 계약적 관계, 성인 세계, 사회적 생활, 황량함, 차가움으로 구성된 대립적 의미 계열"에 맞선다.[1]

서울의 많은 골목길은 도시 개발이라는 미명 속에서 덧없이 사라졌다. 골목길이 소멸한 뒤 그것은 추억의 공간이 되고 말았다.

나는 오래전 골목길을 떠났고, 새로 도착한 장소는 암흑이 펼쳐지고, 모래바람이 쉬지 않고 부는 곳이었다. 분명한 것은 골목길을 떠나면서 인생의 황금시대가 끝났다는 사실이다.

그 골목길이 그랬듯이 나에게도 잊힐 권리가 있다. 나는 잊히면서 괴로움의 나쁜 주문呪文에서 풀려날 수도 있었을 것이다. 그러나 옛날이 지나간 어느 시절이 아니듯이 골목길 역시 사라진 장소가 아니다. 옛날과 골목길은 한통속이다. **옛날과 골목길은 시간과 공간의 통합체로 우리의 기억에서 망각의 질료로 불꽃처럼 타오른다.** 하지만 옛날의 골목길로 회귀하는 다리는 끊겼다.

그리스어 '에포케epoche'는 '유보'라는 뜻을 가진 단어인데, '단절'과 '차단'이라는 뜻도 함께 아우른다. 무언가를 바라보며 그것에 사로잡힌 채 세상과 단절된 느낌에 빠질 때 에포케라는 단어를 쓸 수 있다. 에포케는 주체가 무언가에 사로잡힌 채 그 바깥에 머무는 것이다. "정신의 바깥에, 즉 정신을 잃고ek-stasi 좀 더 근원적인 차원에 머무는 것"[2]이 에포케다. 아름다운 풍경이나 기막힌 명화 앞에 서서 시간이 멈춘 듯한 황홀경에 빠지는 것이 바로 에포케의 찰나다.

하늘은 청명하고 햇볕은 금빛으로 반짝이는 날, 옛날 골목길에서 국수 가게를 만났을 때 우리는 풀밭에서 우연의 행운으로 금가락지를 찾은 듯 에포케의 찰나를 겪는다.

옛날 국수 가게[3]

정진규[4]

햇볕 좋은 가을날 한 골목길에서 옛날 국수 가게를 만났다 남아 있는 것들은 언제나 정겹다 왜 간판도 없느냐 했더니 빨래널듯 국숫발 하얗게 널어놓은 게 그게 간판이라고 했다 백합꽃 같다고 했다 주인은 편하게 웃었다 꽃 피우고 있었다 꽃밭은 공짜라고 했다 골목길에는 햇빛이 끓고, 어디서 왔는지 알 수 없는 정적이 오글오글하다. 시간이 정지한 듯 거기에 '옛날'이 고스란히 남아 있는데, 옛날은 근대 이전의 시간 단위를 지칭하는 단어가 아니다. 그것은 흘러가 버린 미래이자 오래된 기원이 발원한 시작점 이라는 함의를 동시에 품는다. 옛날은 누구나 느린 것의 즐거움과 진리의 향기를 맡고, 느긋함과 수줍음을 미덕으로 섬기고 따르던 시절이다.

옛날은 흘러갔으니 다시 돌아오지 않는다. 안타깝지만 옛날 이후에 태어난 사람은 끝내 살아볼 수 없는 미래다. 옛날의 국수 가게라니! 옛날 국수 가게는 고요와 평화가 번성을 누리는 곳, 느림의 시간이 장소화한 공간, 시간의 향기를 품은 "사색적 머무름"의 지대다. **옛날 국수 가게를 만나는 건 횡재나 다름없다.**

리듬과 방향을 잃은 채 날뛰는 시간에서 섬같이 고즈넉한 옛날의 국수 가게를 발견해도 아무 정겨움도 못 느끼고 지나쳤다면 우리는 사색적 머무름의 고귀한 시간, 그 매혹에 둔감해진 것이다. 어느덧 우리에게 덮친 무능과 무감각은 재앙이다. 한 철학자는 옛날의 향기와 가치를 음미하지 못하는 무능력에 대해 까칠하게 지적한다.

"사색적으로 머물러 있지 못하는 무능력이 어떤 원심력을 발생시켜, 이로부터 전반적인 조급증과 산만성이 초래될 수도 있는 것이다."[5]

문제는 그 무능력이 초래한 조급증과 산만성이다. 무능력은 근대 이후를 촘촘하게 둘러싸고 바글거리는 "사건, 정보, 이미지들의 조밀화"⁶에서 비롯한다. 사건과 정보들의 조밀화는 의식의 표면 위에서 바글거리며, 몸과 마음을 들쑤신다. 그 사태는 우리를 시간과 장소 속에 고즈넉하게 머물도록 가만 놓아두지 않는다. 현실의 중심을 가속화하는 시간이 뚫고 지나간 뒤 삶은 쑥대밭이 되고 만다. **가속화한 시간의 중력을 견디지 못한 채 삶과 일상은 조각조각으로 찢기고 분해되어 나뒹군다.**

　　일찍이 그 가속화 시간이 우리 몸을 통과해 갔다. 어쩌면 시간의 가속화는 우리 시대의 이슈로서 유효성을 상실했는지도 모른다. 지금 당면한 위기는 그보다 심각하다. 우리는 이미 분산되고 쪼개진 시간의 잔해들을 딛고 서 있다. 추억과 기억의 자양분인 시간은 리듬이나 방향도 없이 날뛰고 의미가 숙성되기 전에 쪼개져 먼지처럼 흩어진다. 미친 시간이 개개의 삶을 짓누를 때 사람들은 착란들 속에서, 하이데거가 말하는 "머무르지 못하는 산만함" 혹은 "머무름의 부재"라는 사태와 마주친다. 느리게 사는 삶의 보람과 기쁨을 잃은 우리가 남길 유산은 행복의 파산, 분열과 맹목의 증대라는 나쁜 징후들뿐이다. 그것들은 존재의 신비가 한 점도 없이 휘발된 채로 여기저기에서 우글거린다.

왜 국수 가게에 간판이 없냐고 물으니, 국수발 하얗게 널어 놓은 게 간판이라고 답한다. 간판이 없는 가게만이 옛날의 국수 가게일 수 있다. 이 가게의 시간은 우리가 사는 시간과는 분명 다른 시간이다. 비자발적인 노동에 매인 시간이 아니라 유유자적하는 시간, 멈춤과 긴 휴식의 시간, 패스트푸드가 조리되는 시간과는 다른 느림의 시간, 실존 전체의 연속성에서 온전한 시간이다.

그 골목길에 간판도 없는 옛날 국수 가게가 있다. 하얀 국수발이 햇볕 속에서 마르고 있다. 이 시를 처음 읽을 때는 '하얗게'라는 형용사가 눈을 찌르고 들어오는 경험과 마주한다. 국수발은 하얗다. 이보다 더 하얄 수 없는 것에 햇빛이 들러붙어 표백 작용을 한다. 매화 흰 꽃, 옥양목 빨래, 조선의 달 항아리, 여름 하늘의 새털구름, 저고리 앞섶에 가려진 젊은 엄마의 젖가슴… 이것들은 다 하얗다. 하얀 것들은 하얘서 정겹고 서글프다. 하얀 것들은 하얗기 때문에 더 빨리 더러워지고, 더 빨리 사라진다.

옛날 국수 가게 주인은 환하게 웃는다. 그 웃음은 꽃이다. 웃음은 세상이 더 좋아질 거라는 낙관과 좋은 것들이 지속될 거라는 확신이 피운 꽃이다. 우리의 시간은 지속성으로 가득 차고, 고유한 삶을 풍성하게 빚는다. 세계는 조화와 균형 속에서 윤무를 춘다. 시간의 주권은 우리에게 있다. 그 주권을 찾은 이들의 삶은 꽃밭으로 변한다.

내게도 꽃밭 같은 삶의 시간이 있었다. 내 안이 평화와 기쁨으로 충만해서 바깥 삶도 더불어 고요할 때 아내의 손을 잡고 옛날 국수 가게로 국수 한 그릇씩 사 먹으러 가던 시절! 그 옛날 우리의 발길이 가뿐했던 것은 우리의 앞날에 더 좋은 시간들이 있을 거라는 확신이 있었기 때문이다. 기미가 낀 아내의 배 속에는 어린것이 자라고, 골목길 한 뼘 화단에는 파꽃이 피어 있었다. 옛날이라고밖에는 호명할 수 없는 그 시절, 내 삶의 안쪽도 온통 하앴다. 그 시절 오동꽃 지는 저녁이나 빗소리 몇 줄 귀를 밝히는 새벽녘에는 이유도 없이 가슴이 아리고 눈시울이 붉어지곤 했었다.

1   김홍중, 《사회학적 파상력》, 문학동네, 2016, 122쪽
2   조르조 아감벤, 《내용 없는 인간》, 윤병언 옮김, 자음과모음, 2017, 210쪽
3   정진규, 《본색》, 천년의시작, 2004
4   정진규(1939~2017)는 경기도 안성 출신이다. 대학을 나와 교사와 기업체 등에서 일했다. 1960년 동아일보 신춘문예에 시 〈나팔 서정〉을 발표하며 등단했다. 월간지 《현대시학》의 주간을 맡아 시단에 활력을 불어넣었다. 1988년 발행인 전봉건이 타계한 뒤 정진규가 《현대시학》을 이어서 맡아 시 잡지를 꾸리면서 《몸시》《알시》《사물들의 큰언니》 등등의 시집을 잇달아 펴냈다. 고향인 안성으로 돌아가 '석가헌夕佳軒'이라는 당호를 가진 집에서 거주하다가 숨을 거두었다.
5   한병철, 《시간의 향기》, 김태환 옮김, 문학과지성사, 2013
6   한병철, 앞의 책

동물원에서
데이트를

한다는
것

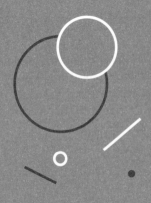

정신분석학자들은 첫 키스가 엄마의 젖을 잃은 상실감에 대한 보상 행위라고 말한다. 키스가 상실의 대체 행위라는 해석에 선뜻 동의할 수 없다. 나는 이를 구강 섹스에의 욕망이 유아기 때부터 나타난다고 말하는 전형적인 속류 프로이트주의의 과잉된 해석이라고 여긴다. 아기가 엄마 젖을 빠는 것을 구강 섹스의 시원적 행위로 보는 것은 지나치게 자의적이다. 젖을 빠는 아기는 정서적 충족감과 더불어 주린 배를 채운다. 그것은 구강 섹스가 아니라 무의식의 생존 욕구에 더 가까울 테다. 아기의 젖 빨기와 관능적 쾌락을 취하려는 키스를 한 맥락으로 묶는 것은 생존 욕구와 성욕을 등치하는 빗나간 해석이다.

첫 키스는 관능의 기쁨을 쟁취하려는 모험이 승리를 거두고 개선문을 통과하는 것과 같다. 첫 키스는 젊은 연인들의 연애사에서 관능에의 갈망과 달콤함과 불안을 뒤섞고 성취하는 놀라운 첫 번째 사건이다. 이는 연인의 감정을 돌이킬 수 없이 휘저은 다음 꽁꽁 닫혔던 몸의 밀봉을 해제하는 효과를 불러온다. 연인들은 첫 키스를 기점으로 비밀을 공유하고, 이제 격식과 형식을 벗어나 더 쉽게 상대의 몸에 접근한다. 첫 키스의 관문을 생략한 채로 첫 섹스로 진입하는 것은 부자연스런 사태다. 첫 키스는 놀이동산에 들어서는 입장 티켓과 같다.

키스가 다른 신체를 빨아들이고 들이키는 행위라면 그것은 관능적 만족과 또 다른 끝없는 갈망을 일으킨다. 키스는 오래 지속하더라도 갈망이 남는다는 뜻에서 먹어도 배부르지 않는 음식을 취하는 것이다. 그것은 종착점을 긋지 않고 뛰는 마라톤 경주, 열매가 없는 공허한 행위다. 키스를 오래 해도 애는 생기지 않는다. 키스의 목적은 목적 없음이다. 키스는 "두 사람만 공유할 수 있는 서명이나 서약, 비밀의 공유"[1] 같은 것이다. 그런 뜻에서 키스는 목적 없음을 목적으로 삼는 사적 행위이고, 어떤 생물학적 이득도 주고받지 않는 익명의 거래일 따름이다.

여기 토요일 오후 동물원을 찾아 손을 맞잡고 데이트를 하는 남녀가 있다. 첫 키스나 데이트는 의미의 맥락에서 비슷하다고 하겠다. 동물원 데이트를 하는 한 쌍의 연인은 제법 낭만적인 상상을 자아낸다. 그런데 하필이면 파충류관 앞에서 "자기 머리보다 큰 짐승을 삼키는 뱀"을 본다. 뱀이 쥐를 삼키고 느긋하게 소화시키는 중이다. 뱀의 목 비늘 속으로 소화되지 않은 쥐가 다 드러난다. 살아 있는 뭔가가 살아 있는 것을 삼켜 먹는 풍경 앞에서 연인들은 "징그럽지?"라고 묻고, "응, 징그러워"라고 대답한다.

연인의 동물원 데이트를 담담하게 그려낸 시에는 무시무시한 통찰이 숨어 있다. 뱀과 쥐는 포식자와 피식자의 관계다. 이 관계는 무의식 안에서 연인 관계로 등치된다. 연인이란 서로에게 삼키는 자와 삼켜지는 자인 것이다.

동물원 데이트[2]

파충류관엔
자기 머리보다 큰 짐승을 삼키는 뱀이 있다
비늘같이 어깨를 붙이고 손을 맞잡은 너와 내가 있다
유리판 너머
울컥 청록빛 목 비늘 속으로
울컥 쥐 몸뚱이가 다 드러난다
징그럽지?
뱀들의 복도를 서성이는 사람들
비늘의 밤 너머
우리는 서로의 목구멍을 타들어가는 서로를 알아본다
자정마다 울리는 뼈의 종소리
머릿속으로 납물이 부어진다
마르지 않는 납물에 자신의 지문을 찍어두는 연인들
징그럽지?
응, 징그러워
우리는 서로 꼬옥 껴안는다
토요일 동물원엔
납 비늘보다 단단한 사랑이 있다

연인은 "서로의 목구멍을 타들어가는 서로를 알아본다"고 한다. **연인은 상대를 삼킴으로써 사랑을 육체의 실감으로 새긴다.** 둘 사이의 애무는 피부와 피부의 접촉이 아니다. 애무는 내 육체에 너의 육체를 더하는 일이고, 마찰이 아니라 가공이며, 내 욕망 안에 너를 가두는 전략이다. 한 철학자에 따르면, 애무할 때 내 손가락(포식자) 밑에서 너의 육체(피식자)가 탄생한다. 내 욕망에 먹히기 위하여 너의 육체는 자발적으로 피동화한다는 점에서 애무는 "타자를 육체화하는 의식들의 총체"(사르트르, 《시선과 타자》)인 것이다.

이 통찰은 차갑고 투명하다. 두 몸이 겹치고 얽히더라도 연인은 먹거나 먹히는 관계 바깥으로 나아가지 못한다. 애무하는 가운데 상처가 날 수 있고, 그 흔적이 오래 남을 수 있다. 시인의 다른 시편에서 사랑은 "바다표범의 살 속 깊이/톱이빨이 으스러지도록 잇몸 뿌리가 박히도록/단 한 번/그렇게 물어뜯고 그렇게 물러서기"(《상어와 한 컷》)라는 은유를 빚어 넣는다. 백상아리는 바다표범을 물어뜯는데, 그런 백상아리도 "상처 입은 바다표범에게 상처 입지 않으려"고 달아난다. 사랑은 포식과 피식 사이에서 상대를 물어뜯고 물러서기를 하는 행위인 것이다. 그것이 사랑의 불가피성이다.

낭만적 사랑의 신화를 믿는 이들은 받아들이기 힘들겠지만,

사랑은 달콤한 폭력이고, 돌이킬 수 없는 악몽이다. 시인은 사랑하는 자들은 "자정마다 울리는 뼈의 종소리"를 듣고, "머릿속으로 납물이 부어"진다고 적는다. 파충류관 앞에서 무심코 나누는 연인의 문답은 쥐를 삼키는 뱀이라는 포식자에 대한 정서반응이 아니라 포식자와 피식자가 되어야 하는 관계의 진상을무심히 폭로하는 것이다. 첫 키스나 데이트, 그리고 모든 사랑의 행위는 "마르지 않는 납물에 자신의 지문을 찍어두는" 일에지나지 않는다.

사랑이 지난 뒤 그 기억은 "끓는 기름 위에 떨어진 물방울처럼/지글대는 기억"이고, 그 아픈 기억 속에서 사랑의 날들은"터지지도 울부짖지도 않는/곯은 일식의/나날들"(〈달궈진 프라이팬 위의 자정〉)로 회고될 것이다. **사랑이라는 아름다운 명분으로 너는 내 육체의 자산을 탈취해 간다.** 그 결과 사랑을 잃은 자에게는 텅 빈 신체, 상처, 어둠밖에 남지 않는다. 지나간 사랑은반드시 덧나는 상처, 즉 트라우마를 남긴다. 연인은 이 트라우마를 열심히 무찌르려고 하지만 그 시도가 매번 성공하지는 못한다. "모든 기억을 지워도 지워지지 않는/지웠다는 기억"(〈지우개〉)으로 남는 탓이다.

〈동물원 데이트〉에는 주말 데이트의 범속함 속에 낯선 통찰이 숨어 있다. 사랑은 실체에 접근할수록 징그러운 것임을 말한다. 연인은 동물원 파충류관 앞에서 서로를 꼭 껴안으며 쥐를 삼킨 뱀의 목 비늘 속으로 드러난 쥐의 몸통, 이 적나라한 포식의 풍경 앞에 자신들을 고스란히 노출한다. **징그러운 것은 쥐를 삼킨 뱀이 아니라 내 욕망의 선점이고, 나의 욕망을 가로질러 너를 독점하려는 욕망의 적나라함이다.**

시인은 사랑이 달콤하기만 한 것은 아니라 때로는 살과 뼈를 태우는 연옥이라는 사실을 거듭 되새긴다. 무슨 일이 있었을까. '나'는 자꾸 너와 세계를, 사랑이 남긴 흔적인 기억들을 지운다. 지움은 상실과 부재를 제 나름으로 견디는 방식이다. 모든 기억을 지워도 지워지지 않는 것은 지웠다는 기억이다. 시인의 상상력은 지움과 지웠다는 기억 사이에서 발화하는데, 이때 상상력의 8할은 그믐의 어둠, 열두 겹 자정의 어둠이다. 시집을 덮고 나서도 자꾸 어둠과 핏물 젖은 악몽의 영상들이 떠오른다. 시인은 사랑이 끝난 뒤 "아직 난 주홍색 천막 안에서/ 종이 계단을 삼키고 있는 중이다"(《천막 교실》)라고 적는다. 종이 계단을 삼키다니! 권태의 고통을 이렇게도 적절하게 표현할 수 있다니!

사랑을 잃으면 어떻게 되는가. 연인들은 벌거벗은 토르소로 남는다. 사지가 잘려나가고서도 더 잃을 게 있겠는가. 시인은 단호하게 더 이상 잃을 게 없다고 말한다. 그럼에도 사랑에 대한 기억은 지워지지 않은 채 또렷하다. 그런 까닭에 상실과 부재의 기억에 예민해지고, 그 반응이 과격한지도 모른다. 상실의 정조는 사랑이 떠나고 난 뒤에 감당해야 할 사태다. 시인의 화자들은 불의 심장이 식었을 때, 적극적으로 "네 곁에 있기 위해/나는 내가 없다"(〈곁〉)라고 자기부정을 한다. "서로 쥐고 서로 지운다"(〈커플 벙어리장갑〉)라는 구절이 폭로하듯 사랑은 상대를 포식하며 그 대상을 지워가는 행위다.

1 로버트 롤런드 스미스, 《이토록 철학적인 순간》, 남경태 옮김, 웅진지식하우스, 2014, 99쪽

2 김경후, 《열두 겹의 자정》, 문학동네, 2012

3 김경후(1971~)는 서울에서 태어났다. 이화여자대학교 독문과를 졸업하고, 1998년 《현대문학》을 통해 등단했다. 첫 시집 《그날 말이 돌아오지 않는다》를 내고, 두 번째 시집 《열두 겹의 자정》을 냈다. 그의 시는 온통 칠흑 어둠이다. 상실의 체험이 시인을 뚫고 지나갔나 보다. 그랬으니 "내 안엔 악몽의 깃털들만 날리는 열두 개의 자정뿐"(〈그믐〉)이라거나 "내가 어떤 하늘을 날아다녔든 어떤 밤을 질러 왔든/나는 어둠이 달고 가는 찢어진 날개일 뿐"(〈아름다운 책〉)이라는 쓰디쓴 자각이 남았을 테다. 이 열두 개의 자정과 찢어진 날개는 어떤 상실의 기억에 대한 등가물이다. 무엇을 잃었을까? 불의 심장을 주었던 것. 즉 사랑이다. 불의 심장이 식은 뒤 사랑은 가고 없다. 걸어 다니는 것은 몽유병에 걸린 텅 빈 몸들. 즉 시체다. 몽유병에 걸린 시체는 자신에게 걸린 나쁜 마술을 풀기 위해 사랑의 기억을 쓰고 지우고 쓰고 지우고를 반복한다. 《열두 겹의 자정》은 기억과 망각 사이에 걸쳐진 아주 길고 지루한 싸움을 그려내고 있다.

당신이

수컷
늑대라면

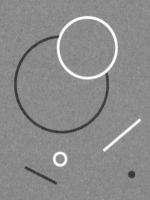

사람은 자연이라는 탯줄을 달고 태어난다. 도시의 아파트에서 태어나는 아이라 할지라도 그 본성에 깃든 자연의 흔적을 없앨 수는 없다. 해, 달, 별, 바다, 강, 하늘, 바위, 나무, 동물 따위의 자연세계는 우리 실존의 거푸집일 뿐만 아니라 우리 본성에 이미 스며들어 와 있다. 해는 우리 머리 위에 떠서 빛을 뿌리고, 그 빛은 우리 내면까지 뻗어와 감정과 정신세계에 깊은 영향을 미친다. 달은 주기적으로 커졌다가 작아지기를 반복하며 여성의 생리 주기와 조응하고, 강은 들판을 가로질러 흐르며 우리 내면에서도 흐른다. 인간은 오랜 세월 동안 자연과 희로애락을 함께하는 가운데 제 본성을 빚었다. 아니, 인간과 자연은 본디 하나의 결합체였다가 둘로 나뉘었다. 인간 종은 자연에서 떨어져 나와 외톨이로 남았다. 우리 안에 깃든 생물적인 본성은 우리가 자연의 일부였다는 사실을 증언한다.

인간이 자연세계에서 분리되며 자연과의 유대는 엷어졌지만 여전히 자연은 상징화하기 좋은 1차 대상이다. 작가 리처드 메이비Richard Mabey는 "자연은 우리의 행동과 감정을 은유적으로 묘사하고 설명할 수 있는 강력한 재료다."[1]라고 말한다. 자연의 상징화는 인간이 펼치는 생명문화적 활동의 산물이다. 우리 안에는 바이오필리아biophilia, 즉 '생명 사랑'이 피처럼 흐른다. 이 상징화 능력은 인간이 특별한 종으로 진화하는 데 기여한다.

"인간을 특별한 존재로 만드는 것은 무엇보다도 상징을 이용

해 현실을 나타내는 능력일 것이다."[2]

상징은 인지 능력을 키우고, 감정과 정신 영역에 영향을 미쳐 소통 능력을 확장한다. 인간은 동식물의 생물적 생김새나 행동 습성을 상징의 틀에서 보려는 가운데 제 상징 능력을 문명 융성의 기초로 조성하는 데 성공한다. **인간이 동식물을 상징화하는 것은 태초의 어머니인 자연과 그 기원으로 돌아가고자 무의식을 반영한 회귀의 몸짓이다.** 이 무의식의 회귀 충동은 세상을 떠도는 이야기, 신화, 예술, 전통문화, 현대사회의 광고, 디자인에 이르기까지 광범위한 범주로 펼쳐진다.

자연 생태계를 이루는 늑대, 호랑이, 사자, 개구리, 뱀, 학, 독수리, 상어, 연어, 벌 들은 인간의 상징 조작 능력 속에서 시, 은유, 신화를 빚는 재료로 쓰인다. 일찍이 D. H. 로렌스는 뱀을, 보르헤스는 호랑이를 시에서 상징화했다. 동물은 인류의 영적 형제들이다. 동물의 상징화를 통해 인간의 개별적이거나 집단적 정체성을 확인하려는 노력은 아주 자연스럽다. 인류학자인 엘리자베스 로런스는 동물의 상징화와 관련하여 "신화와 시, 종교의 언어에서 상징을 통해 초자연적 경험과 같은 형태로 나타나며, 인간 의식의 깊은 수준에서 일어난다."[3]라고 말한다.

한 시인은 주체를 암늑대로 상징화하면서, 그 속에서 자기를 객관화하려는 노력을 보여준다. '나'를 암늑대의 정체성 안에서 겹쳐 보고, 그 안에 자신을 투사하는 것은 인간의 자연스러운 본성 중 일부일 것이다.

내가 암늑대라면[4]

양애경[5]

내가 만약 암늑대라면
밤 산벚꽃나무 밑에서 네게 안길 거다
부드러운 옆구리를 벚꽃나무 둥치에 문지르면서
피 나지 않을 만큼 한 입 가득 네 볼을 물어 떼면
너는

만약 네가 숫늑대라면
너는 알코올과 니코틴에 흐려지지 않은
맑은 씨앗을
내 안 깊숙이 터뜨릴 것이다 그러면 나는

해처럼 뜨거운 네 씨를
달처럼 차가운 네 씨를
날카롭게 몸 안에 껴안을 거다

우리가 흔들어 놓은 벚꽃 둥치에서
서늘한 꽃잎들이 후드득 떨어져
달아오른 뺨을 식혀 줄 거다

내 안에서 그 씨들이 터져
자라고 엉기고 꽃 피면
(꽃들은 식물의 섹스지)
나는 언덕 위에서
햇볕을 쐬며 풀꽃들 속에 뒹굴 거다

그러다 사냥을 할 수 없을 만큼 몸이 무거워진 내 곁을
네가 떠나 버린다면
그래서 동굴 안에서 혼자 새끼들을 낳게 한다면
나는 낳자마자 우리의 새끼들을 모두 삼켜 버릴 거다

하지만 너는 그러지 않겠지
움직이지 못하게 된 내 곁을 지키면서
눈시울을 가느다랗게 하면서
내 뺨을 핥을 거다

후에 네가
수컷의 모험심을 만족시키려 떠난다면
나는 물끄러미
네 뒷모습을 바라보고 있을 거다
그리고 다음 해 봄에는
다른 수컷의 뺨을 깨물 거다

평생을 같은 수컷의 씨를 품는 암늑대란
없는 거니까

내 꿈은 무리에서
가장 나이 들고 현명한 암컷이 되는 것
뜨거운 눈으로 무리를 지키면서
새끼들의 가냘픈 다리가 굵어지는 것을 바라보는 일

그리하여 나는 거기까지 가는 거다
이 밤 이 산벚꽃나무 밑둥에서 출발하여
해 지는 언덕 밑에 자기 무리를 거느린
나이 든 암컷이 되기까지.

이 시는 '암늑대'를 시의 화자로 내세운 희귀한 사례라 눈길을 끈다. 사랑을 둘러싼 오래된 신화를 늑대의 설화 구조 속에 녹여낸 시로 읽힌다. 개가 야성을 잃고 표류하는 잡종성의 표상이라면, 자유로운 늑대는 더럽혀지지 않은 야성의 현존을 뜻한다. 원형 심리학의 프레임에서 보자면, 늑대는 인간 잠재의식에 숨은 동물성의 한 원형일 것이다. 태곳적 생명의 표상인 '암늑대'는 문명으로 훼손되지 않은 여걸, 혹은 야성 그 자체다. 이시는 우주와 교감하는 암늑대를 향한 예찬이자, 무리의 대모로거듭나는 지혜롭고 늠름한 여성적 현존에 대한 찬가일 것이다.

자기를 암늑대로 치환하는 것은 암늑대의 여러 특징들, 즉생김새와 생태적 습성에 자기를 투사하는 일이다. '암늑대'는암컷 부류의 폭넓은 상징이다. 암컷은 어여쁜 유혹자이자 새끼에게 제 모든 것을 바치는 숭고한 모성의 존재다. 암컷 본성과모성을 함께 지닌 인간 여성도 암컷의 범주에 들어간다.

자, 시의 설화 속으로 들어가 보자. 밤 산벚나무 밑에서 암늑대와 수컷 늑대가 사랑을 나눈다. 암늑대는 "밤 산벚꽃나무밑에서 (수컷 늑대인) 네게 안길" 것이고, "부드러운 옆구리를 벚꽃나무 둥치에 문지르면서" 애무하며 사랑에 몰입한다. 사랑은"해처럼 뜨거운 네 씨를/달처럼 차가운 네 씨를" 몸 안으로 받는 행위다. 그 결과로 "내(암늑대) 안에서 그 씨들이 터져/자라고 엉기고 꽃"이 핀다. 이렇듯 사랑이란 특이 지점의 돌연한 솟구침이고, 돌이킬 수 없는 시련이자, 하나를 낳기 위한 둘의 결합이다. 사랑의 씨앗으로 나타난 아이가 바로 그 하나다. 하나는 둘을 잇고 더 단단하게 묶는 존재다.

암늑대는 '맑은 씨앗'을 제 안에 품지만, 수컷 늑대가 떠나버리면 홀로 동굴 안에서 새끼를 출산한다. 그런 경우라면, 암늑대는 새끼들을 낳자마자 다 삼켜버리겠다고 차갑게 다짐한다. 암늑대의 다짐에 오싹한 전율이 인다. **사랑이 지속되려면 사랑은 되풀이해서 재선언되어야만 한다.** 무수히, 시도 때도 없이, 거듭 말해지는 '너를 사랑해.'라는 속삭임이 사랑의 재선언이다. 그 말의 책임을 기꺼이 실천하는 행동이 따라야 할 것이다.

사랑은 반복해서 재선언이 되는 한에서만 사랑으로 인정되는 것이다. 그 말이 그치는 순간 사랑은 끝난다. 프랑스 철학자 알랭 바디우Alain Badiou는 "사랑의 경우, 번번히 그리고 급박하게, 사랑의 선언을 다시 해야만" 한다는 말로 그 사실을 지지한다. 사랑은 그 지속성으로 감정의 정동情動이 올바르다는 추인을 받는다. 지속성이 덧없이 깨질 때 사랑의 추인은 취소된다. 그리고 균열과 파기를 통해 그것이 한시적이고, 우연적이며, 분출적인 욕망에 지나지 않음을 드러낸다.

사랑에 지속성이 요구되는 것은 사랑이 항상적으로 시련과 위기를 더불어 데려오기 때문이다. 둘 사이에 나타난 뜻밖의 하나가 그 시련과 위기의 씨앗이다. 알랭 바디우는 적확한 어조로 "기적인 동시에 난관이기도 한 탄생 주위로 거개의 커플들에게 일종의 시련"이 찾아오고, "아이는 하나이기 때문에, 결국 둘을 아이 주위로 재편성해야만"《사랑 예찬》 한다는 점을 짚어낸다. 막 출산한 암늑대는 스스로를 부양할 수가 없다. 누군가 먹이를 물어다가 부양하지 않는다면 암늑대는 새끼에게 수유할 수 없으며 새끼와 함께 굶어 죽을 수밖에 없다. 수컷 늑대가 표표히 제 갈 길을 가버린다면, 무시로 재선언되어야 한다는 사랑의 원칙은 깨져버린다. 이는 암늑대 홀로 시련과 난관을 떠맡아야 함을 뜻한다.

암늑대는 이 원치 않는 상황에 어떻게 대처하는가? 암늑대는 새끼를 삼키겠다고 한다. 그것은 굶주림을 해소하겠다는 것이 아니라 직접적으로는 부양 책임을, 간접적으로는 사랑을 저버리고 떠난 수컷 늑대에 대한 분노를 터뜨리는 것이다. 가장 잔인한 방법으로 수컷 늑대의 새끼를 포기함으로써 수컷 늑대를 응징한다.

암늑대는 저를 버린 수컷 늑대에게 매달리지 않는다. 그것은 내면을 메마르고 황폐하게 만드는 나쁜 사랑이기 때문이다. 암늑대는 다른 수컷 늑대를 만나 짝짓기를 할 거라고 말한다. 자기를 버린 수컷의 씨를 품는 짓은 어리석기 때문이다. **암늑대는 피가 묻은 송곳니와 날카로운 발톱으로 나쁜 운명에 맞선다.**

그때 동맥혈에서 억눌린 야성이 솟구치며 암늑대의 존엄성이 늠름하게 드러난다. 이 시의 놀라움은 암늑대를 통해 여성 내면에 숨은 시원始原의 힘과 야성을 짚어준다는 데서 비롯한다.

돌아보면 어디에나 야성을 잃지 않은 암늑대들이 있다. 암늑대는 가장 나이 들고 현명한 존재가 되어 늑대 무리를 이끌고 새끼들을 돌보는 대모로 거듭난다. 이 시는 여성으로 산다는 것에 대해, 여성이 사랑의 주인이 된다는 것에 대해 다시 생각할 계기를 준다. 여성이 제 운명의 주도권을 거머쥐고 사랑을 이끈다는 점에서, 그리고 항상 타자인 여성이 주체로 나서서 자신을 약탈하고 고갈시키는 가부장의 정치를 뒤집는다는 맥락에서 여성주의의 관점이 두드러진다.

---

1 스티븐 켈러트, 《잃어버린 본성을 찾아서》, 김형근 옮김, 글항아리, 2015, 212쪽
2 켈러트, 앞의 책, 209쪽
3 켈러트, 앞의 책, 218쪽
4 양애경, 《내가 암늑대라면》, 고요아침, 2005
5 양애경(1956~)은 서울에서 태어났다. 열 살 때 공무원인 아버지를 따라 대전으로 이사해서 성장기를 보냈다. 대전여고를 다니며 '머들령'이라는 고교생 문학 서클에 들어가 활동할 정도로 일찍이 문재를 드러냈다. 1982년 중앙일보 신춘문예에 시 〈불이 있는 몇 개의 풍경〉이 당선되어 문단에 나왔다. 양애경의 시는 불가피하게 월경의 피를 찍어 쓰는 여성시의 범주에 있을 때 자연스럽고 솔직하며 진정성으로 빛난다. 그의 본성과 기질, 체험이 여성성의 범주에 있기 때문이다. 최근 그의 시들이 길어지고, 수더분한 말들이 많아진 것도 그런 범주에서 이해한다. 시집으로 《불이 있는 몇 개의 풍경》《내가 암늑대라면》 등이 있다.

촉촉하고
끈적거리는

곳에서의
한때

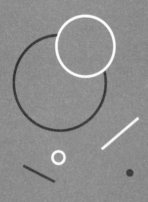

은유로 보자면, 세상을 "진흙 여관"이라고 할 수도 있겠다. 이곳은 기쁨은 증발하고 고통과 슬픔으로 붐비는 곳이며, 불확실함과 수수께끼들이 번창하는 자리다. 실제 장소가 아니라 표상 공간인 이곳의 시간은 흐르지 않고 정체되어 있다. 썩은 것이 뿜어내는 악취가 진동하는 진흙 구렁에 빠져 발은 허우적인다.

시인은 진흙 여관이 "가장 더럽고 추한 곳"이라고 말한다. 이곳은 어둡고 습한 생이 우글거리는 최저주의 낙원이다. **진흙 여관에서는 누구나 불안을 들이마신다.** 진흙 여관은 어디에 있나? 바로 '상상의 지리학' 속에 있다.

진흙 여관이 사랑이 식거나 깨져버린 자리, 사랑이 고문이 되는 자리, 더러운 욕망이 고인 자리, 가난의 아수라장이 펼쳐지는 자리라면, 한때 나도 이곳에 머물렀다. 이곳 늪지에 사는 늙은 남자는 호색한이고, 젊은 사내들은 매음굴을 들락거리거나 개를 때려 죽여 술추렴을 한다. 늪지 주변에서 변사체가 발견되고, 하수구에서는 버려진 태아들이 나뒹군다. 이곳에는 난봉꾼과 사기꾼과 매춘부가 득시글거리고, 포주와 고리대금업자와 호전광만이 성공을 거둔다.

국가라는 우상을 섬기는 자들로 넘쳐나는 이 즐거운 지옥에서 나는 희망을 품고 기다렸는데, 고통의 신음과 한숨이 넘처나는 곳에서 기다림은 사치에 지나지 않았다. 오래 기다려도 기다리는 것들은 오지 않을 테니까. 사람들은 이곳에 더 이상 희망이 없다는 것을 알면서도 떠나지 못했다. 결국 기다림이 헛된 수고, 존재의 공회전에 불과한 것이라는 사실을 알면서도 얼마나 많은 젊은이들이 이 지옥에서 희망을 탕진하고 젊음을 헛되이 보냈던가!

가까스로 진흙 여관을 벗어난 뒤에도 나는 그곳이 세상의 바닥이 아니라는 걸 알았다. **지옥 밑에 또 다른 지옥이 있었다. 진흙 여관은 어디에서나 성업 중이다.**

정치로 호객하는 자들, 거짓 예언자들이 바글거리는 이 지옥에도 미래는 와 있었다. 우리는 너무 먼 미래만을 보고 있는 게 아닐까? 우리는 지금 여기에 와 있는 미래를 못 본 채 날마다 악다구니와 드잡이가 끊이지 않는 진흙 여관에서 내일이라는 마약을 하나씩 삼키면서 기다린다. 그 진흙 여관을 들여다보고 싶은가? 자, 여기, 진흙 여관으로 우리를 안내할 시인이 있다.

진흙 여관[1]

숙박부 속을 뒤집는다 해도 이 진흙 여관 일부가 썩어간다 해도 삶은 멱살잡이를 할 수가 없다

진흙 여관엔 흐르는 시간 따위는 없다 미끈한 것들이 악취가 나도록 뒹굴지만 정작 몸과 뼛속은 차가워진다

붕괴도 낙상도 없어 헛짚는 생각마저 축축하고 끈적끈적하다 처참히 봄의 꽃나무들이 무너질 무렵 진흙 여관은 점점 물가 쪽으로 기운다

가장 더럽고 추한 곳이 진흙 여관인데, 물정 모르는 것들이 텅텅 빈 수렁의 방을 가꾼다 때로는 컴컴한 헛간도 징후가 없이 웅덩이 냄새를 키운다

침 범벅의 아가미들이 진흙 여관에서 다시 떠날 힘을 얻듯 그렇게 진흙 외투를 입고서 산란기를 견딘다

진흙 여관에는 초인과 무지개와 별의 광채와 번개의 섬광이 없다. 이곳에서 젊음이란 곧 견디고 뚫고 나가야 할 극지와 같다. 하다못해 목련나무도 "북풍을 뚫고 자란" 뒤에야 비로소 꽃을 피우고, 야생의 존재들은 발톱과 이빨이 피로 물들어야 겨우 한 줌의 생존이 허락된다.

이것이 현실의 장에서 비정규직 저임금에 내몰리는 젊은이가 감당하는 실존의 진실이다. 젊음이란 건너야 할 수렁이고 피해야 할 덫이며, "봐주지 않으면 없을 아름다움"(《사각형의 수족관에서》)이고, "금세 녹아내리는 영원"(《꽃피는 능구렁이》)인 것이다. 이병일의 시편들은 "목을 점점 옥죄는 올무"와 "몸 안의 비린 것들을 항문으로 밀어"내는 개같이 비천하고 보잘것없는 존재들이 살기 위해 치러내는 비명을 은유의 문법 속에서 드러낸다.(《화창한 기적》)

청춘의 한때는 비참함과 누추함을 통과하지 않고 그냥 지나칠 수는 없다. 우리는 먼 곳을 바라보며 언젠가 더 좋은 날을 맞으리라 꿈꾸었다. 우리의 피는 붉고 힘차게 맥동했다. 세상이 아무리 난폭하고 거칠어도 앞으로 나아갈 수 있으리라는 믿음이 있었으니까.

그러나 현실과 드잡이를 하다가 날개는 속절없이 꺾이고, 삶이라는 수수께끼는 더욱 풀 수 없는 것으로 변하며, 반복되는 실패는 관습이 되었다. 우리는 꿈을 잃으면서 현실의 오탁을

온몸에 묻히며 나이가 들어간다. 철들었다는 소리가 현실과 타협하는 나약함에 대한 위로라는 것을 깨달은 건 한참 뒤다. 나는 그 파릇하던 시절을 "진흙 여관"에서 보낸 자들의 절망에 대해 공감한다.

시인은 "더럽고 추한" 곳, 혹은 "물정 모르는 것들이 (머무는) 텅텅 빈 수렁의 방"에 대한 기억을 더듬는다. 어딘지는 알 수 없으나, 모든 것이 썩어가고 무너지고 기울어져 가는 그곳을 "진흙 여관"이라고 명명한다. 이런 수사학에 기대면, 이곳이 의미가 바닥난 생존 조건이라는 것쯤은 쉽게 알 수 있다. 나아가 시인은 "생각마저 촉촉하고 끈적끈적하다"라고 한다. 촉촉하고 끈적끈적하고 미끄러운 감각은 이곳이 습기가 많은 곳이고, 불쾌의 부정적 경험이 난무하는 곳이란 점을 유추해 낼 수가 있다. 이 촉각을 자극하는 이미지가 가리키는 것은 가장 낮은 자리에서 비비적거리고 몸부림치는 삶이다.

수렁이나 웅덩이 같은 이미지는 습지 생물의 생태를 연상시킨다. 과연 이곳 생물들은 "침 범벅의 아가미들"을 갖고, "진흙 외투를 입고서 산란기"를 견딘다. 아, "진흙 여관"은 메기 따위가 사는 늪에서 연유한 은유가 아닐까? 왜 시인은 굳이 늪의 은유를 끌어왔을까?

누구나 어느 한 시절 진흙 여관에 머물며 고투한다. 그 시절

우리 안에는 주린 개들이 우글거렸을지 모른다. 우리는 똥파리같이 "동공 풀린 눈동자에 박힌 저승을 빨아 먹"었거나, 주린 입으로 "개밥그릇 테두리 이빨 자국을 핥"았을지도 모른다. 그런 삶의 최저주의 속에서 내지른 "질컥하고 끈끈한 피오줌"은 끝내 "칸나의 환함"으로 보상받는다. 그런 희망으로 낮은 포복을 하며 삶을 밀며 산 것이다.(《투견의 그것처럼》)

한때 나 역시 진흙 여관에서 숙박부를 적고 지냈다. 나는 세상 물정을 몰랐고, "진흙 외투"가 무겁다고 느꼈을 것이다. 진흙 속에서 꿈틀대고, 침 범벅인 아가미로 헐떡이며 숨을 몰아쉬던 그 시절의 꿈은 가망 없는 희망이었다. 그 약하고 가느다란 꿈은 실현 불가능성으로 더 아득했다. **돌이켜보면 나는 젊은 시절 희망 없이 사는 법을 배웠다고 할 수 있다.**

얼마나 많은 젊은이들이 자기의 꿈을 펼치지 못하고 빈 수렁 같고, 컴컴한 헛간 같은 현실에 갇힌 채 허덕이고 있는가! 헛짚는 생각에 빠져 존재를 공회전시킬 때 그것은 얼마나 견디기 힘든 것인가!

젊은 시인은 한 시절의 음습한 절망, 한 시절의 수난, 한 시절의 역경과 어떻게 싸우고 견딜지에 대해 고백한다. 진흙 여관에서 그 절망과 수난을 견디고 살아남아 마침내 "칸나의 환함"으로 피어나기 위하여!

1 이병일, 《아혼아홉개의 빛을 가진》, 창비, 2016
2 이병일(1981~)은 전북 진안에서 태어났다. 시인은 호랑이, 기린, 당나귀, 사
슴, 수달, 백상아리, 불개, 멧돼지, 눈표범, 산양 같은 동물을 자주 호명한
다. 이 동물 이미지들은 현대 문명사회의 폐해들로 인해 불가피하게 죽어가
는 야생 자연의 기호들이다. 저마다 생명의 약동을 드러내는 이것을 가리키
는 손가락의 끝 간 데에 사는 일의 신산함과 누추함을 물리치고 솟아오른 빛
남이 있을 테다. 그러나 많은 젊은이들이 발 딛고 있는 이곳은 "사방이 어두
워지지 않고서는 깊어질 수 없는 구제역의 밤"이고, "난데없이 파놓은 구덩
이 속으로" 들어가는 돼지들의 비명이 음산하게 허공에 울려 퍼지는 연옥이
다.(《저승사자와 봄눈과 구제역》) 이 젊은 시인의 상상 세계는 어둡고 음산하다.
산 것들이 "느물느물 더럽게 죽어"가는 현실에서 피비린내 나도록 싸우는 까
닭이 "칸나의 환함"을 피워내기 위함이기 때문이다.(《투견의 그것처럼》) 이병일
은 2007년 문학수첩 신인상에 시가 당선되어 등단하고, 시집으로 《옆구리의
발견》 《아혼아홉개의 빛을 가진》 등이 있다.

취해
잠든

당신의
눈꺼풀 뒤편

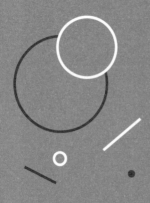

한밤중 배고파 우는 아이가 단 한 명이라도 있는 한 우리의 풍요로운 식탁은 죄책감으로 물든다. 이 세상 어딘가에 미친 호전광이 하나라도 날뛰는 한 우리의 안녕과 평화는 기만에 불과하다. 비 오는 날 찢어진 신발을 신고 가는 한 아이가 있다면 우리의 멀쩡한 구두는 수치가 되고, 밤새며 노동을 하는 이가 있는 한 우리의 숙면은 부끄러움의 원인일 것이다. 환멸에 지쳐서 제 목에 밧줄을 거는 오후의 자살자가 있는 한 우리의 말과 삶이 거짓과 기만에 기댄 게 아닌가 되돌아볼 일이다. 누군가 생을 포기하게 만든 환멸에 우리도 무심코 보탠 바가 있을지도 모를 일이다.

어쩌면 우리의 일용한 양식은 다른 누군가의 몫이 아니었을까? 우리가 누리는 기쁨과 보람은 어쩌면 다른 사람의 것을 빼앗고 훔친 것인지도 모른다.

페루의 광산촌에서 혼혈아로 태어난 시인 세사르 바예호 César Vallejo는 〈일용할 양식〉이라는 그의 시에서 인간은 태어남 자체가 실수라고 말한다.

내 몸의 뼈 주인은 내가 아니다.
어쩌면, 훔친 건지도 모른다.
아니면 다른 이에게 할당된 것을
빼앗은 건지도 모른다.

내가 태어나지 않았더라면,

나 대신에 가난한 이가 이 커피를 마시련만.

나는 못된 도둑… 어디로 가야 한단 말인가.[1]

우리 영혼과 오장육부도 본디 내 것이 아니라 다른 누군가에게 할당된 것을 약탈한 것인지도 모른다. 우리가 마신 커피, 우리가 먹는 밥도 우리 것이 아니었다.

우리는 신이 아픈 날 이 세상에 잘못 왔다. 개가 쉿소리로 짖어대는 세상에 잘못 와서 남의 마실 것과 먹을 것을 축내고, 금지된 사랑을 하며, 겨우 기침이나 하고 사는 것이라면! **아, 내가 누린 모든 것이 신의 실수로 빚어진 사태였다면 내 영혼은 얼마나 곤핍하고 아플 것인가!**

내가 북반구의 한 작은 도시에서 상인과 카펫 값을 깎으려고 흥정할 때 당신은 저 도시에서 한 노파에게 적선을 베푼다. 당신이 이국의 레스토랑에서 식사를 주문할 때 나는 고양이의 배설물을 치우거나 치과 의사에게 아픈 이를 보여주는 중이었다.

오래전 가무잡잡한 피부를 가진 이웃집 소녀가 내게 물 한 잔을 준 적이 있었다. 그 뒤 우리는 엇갈렸고, 지금은 제각각 먼 곳에서 산다. 나는 당신의 저쪽, 당신은 나의 먼 데다. 나는 당신의 영혼 안에서 손뼉을 치고 싶다.

이어서 바예호는 이렇게 노래한다.

함께 저녁을 먹고 삶의 한 순간을

두 개의 삶으로 만들자. 하나는 우리 죽음에 선사하고.

지금, 내게 오렴, 제발[2]

당신은 먼 데서 여기로 오라. 세월이 지나갔건만 오늘은 늘
우리 존재의 첫날이다. 우리가 살 집을 짓는 목수가 있고, 들에
는 파종을 하는 농부가 있고, 옷을 짓는 사람과 빵을 만드는 선
량한 제빵사가 있는 한 이 세상은 아직 살 만하다.

많은 날과 시간들이 지나가고, 그 사이 여러 식물과 행성들
이 사라졌다. 덩치 큰 포유류들이 멸종되는 동안에도 레몬처럼
시디신 당신의 속삭임은 내 귓바퀴를 간질인다. 우리가 나이를
먹는 동안 덧없이 흘러간 세월을 무엇으로 불러야 마땅한가. 죄
악의 그늘이 가장 짧아지는 정오의 때와 부도덕한 오후 3시의
환멸로 빛나는 때도 있었을 테다. 지금은 천지간에 조락과 죽
음이 전염병처럼 번지는 가을이 끝나고 겨울의 그림자가 덮칠
때다. 우리 모두는 달의 뒤편으로 가는 사람들. 당신은 겨울나
무에 귀를 대고 그 나무가 미래의 잎을 잉태하는 소리를 듣고
있다.

백색어사전[3]

임봄[4]

겨울나무가
수많은 잎들을 잉태하는 소리,

얼음 밑에서
물고기가 우는 소리,

괜찮다 괜찮다 내리는 눈발이
각진 말들을 품어 안는 소리,

취해 잠든 당신의 눈꺼풀 뒤편
눈동자 속을 흐르는 물소리,

사전에 활자로 정의된
나, 너, 우리, 나, 너, 우리,

마른 땅에서 서로를 핥던 물고기가
달의 뒤편으로 헤엄쳐 갈 때를 기다려

당신이 꽁꽁 언 내 마음을 지나
안개 속으로 사라져가는 소리,

누군가는 백색에서 흰옷을 숭상한 우리 민족의 피에 새겨진 심정적 편애를 떠올리고, 누군가는 지고의 아름다움을 떠올렸을 테다. 백색은 음양오행의 상징 체계 안에서 서방의 정색으로 쇠에 속하고, 세속의 오탁과 무연한 신성의 표상이다. 우리 신화에서 신들은 흰옷을 걸치고 등장한다. 흰 것은 부재의 자리, 공백이나 여백을 드러내기도 한다.

　백색은 색의 위계에서 표준이 되는 영점이고, 색의 부정으로 견고한 정체성을 이루는 색의 궁극이다. 백색은 색을 버리고 비워서 얻을 수 있다. 일반적으로 색채는 빛의 산란 속에서 드러나는 현상이다. 빛이 사라진 밤마다 사물과 세계는 색채를 벗은 뒤 귀기 어린 외관을 하고 익명으로 돌아간다. 밤의 어둠이 색채와 형태들을 다 지워버린다. 해가 뜨고 누리에 빛이 퍼져야 밤이 지운 사물의 색채와 윤곽이 돌아온다. 낮-세계의 '있음'은 빛 속에서 오연하고, 낮-세계가 색채의 향연임을 드러낸다.

　〈백색어사전〉은 색을 소리의 영역으로 환원시킨다. 백색의 세계를 빚는 것은 얼음, 눈발, 달, 안개 따위들이지만 그것은 시에서 중심적 사유를 이끌지는 않는다. 오히려 '색'보다 '소리'들이 또렷하게 드러나는데, 겨울나무가 잎들을 잉태하는 소리, 물고기가 우는 소리, 눈발이 각진 말들을 품어 안는 소리, 눈동자 속을 흐르는 물소리, 당신이 안개 속으로 사라져가는 소리가 부각된다.

백색의 흔적은 증발하고 그 자리에 잉태하고, 울고, 품어 안고, 흐르는 소리가 돌올하게 솟구친다. 소리는 살아서 움직이는 것들의 기척이다. 죽어서 부동하는 것은 어떤 소리도 내지 못한다. 이 시의 계절이 겨울이라는 것도 눈여겨볼 만한 대목이다. 겨울은 모든 산 것들이 웅크려 최소한도의 생존을 구하는 혹독한 계절이다. 산 것들은 온갖 시련을 견뎌내며 겨우 소리로써 살아 있는 기척을 낸다.

마지막 연은 실존의 곤핍함에 대해 얘기한다. "마른 땅에서 서로를 핥던 물고기"란 구절은 우리가 삭막한 세계에 내던져져 있음을 암시한다. 마른 땅에서 서로를 핥으며 공생을 도모하는 물고기들이 가려는 "달의 뒤편"은 얼마나 먼 곳인가? '달의 뒤편'은 우리가 실존에 허덕일 때 꿈꾼 적이 있는 미지의 장소이고, 미래의 시간이다. 아마도 그곳은 흰색의 평화, 흰색의 기쁨으로 충만한 흰색의 피안, 흰색의 무릉도원일 테다. 물론 많은 이들이 그 피안의 세계에 닿기 전에 좌초하고 낙오하고 만다.

그런데 '당신'은 꽁꽁 언 내 마음을 거쳐 안개 속으로 사라진다. 내 마음은 왜 꽁꽁 얼어붙어 있는 것이고, '당신'은 왜 그 언 마음을 거쳐 사라지려고 하는가. 시인은 그 사정에 대해 말하지 않는다. 그러나 '당신'은 이 세상에서의 많은 인연들이 이렇게 비극적으로 엇갈리고 있음을 안타까워할 것이다.

한강의 《흰》(2016)과 겹쳐 읽으면 백색의 의미는 더 또렷해진다. 한강은 '흰' 것들의 이미지를 탐색하고, 그 사유의 내역을 서사 형식을 빌려 드러낸다. "강보, 배내옷, 소금, 눈, 얼음, 달, 쌀, 파도, 백목련, 흰 새, 하얗게 웃다, 백지, 흰 개, 백발, 수의" 따위가 드러내는 흰색은 빛에 가깝다. 그러나 '흰' 것들만 희게 보이는 건 아니다.

"어둠 속에서 어떤 사물은 희어 보인다. 어렴풋한 빛이 어둠 속으로 새어 들어올 때, 그리 희지 않았던 것들까지도 창백하게 빛을 발한다."[5]

그 '흰'에 바친 헌사. 한강의 소설은 그 헌사들로 꾸며진 기묘하고 아름다운 서사다. 이 소설을 읽으면서 내 생의 안쪽에 수많은 '흰' 것들의 아련한 이미지들을 찾아낼 수 있었다. '흰'은 감정이고 시간이며, 감정과 시간이 퇴색한 흔적들, 탄생과 죽음에 걸쳐져 있는 생의 유적을 암시하는 그 무엇이다.

일본의 하라 켄야는 《白》이라는 책에서 "백이 존재하는 것이 아니다. 하얗다고 느끼는 감수성이 존재하는 것"이라고 말한다. 한강의 《흰》이나 임봄의 백색 시편들은 단지 백색을 노래하는 게 아니라 그 백색에 반응하는 감수성의 떨림들을 따라간다. 그런 맥락에서 우리 삶은 '백색 유희' 그 자체다!

임봄은 백로, 흰 뼈, 하얀 젖무덤, 첫눈, 하얀 양파꽃, 흰 머리카락, 은빛 달, 소금호수, 흰 종이, 흰 손, 하얀 박속, 흰 천, 하얀 가면, 흰 고무신, 하얀 찔레, 하얀 문풍지, 백지, 흰 달빛, 백야 따위의 실로 다양한 이미지들을 불러들여 '백색 향연'을 펼친다. 이 세상에 흰 것들이 이토록 지천이었다니!

백색은 모든 색들을 삼켜버리는 블랙홀이다. 검은머리는 하얗게 변하는데, 이때 흰머리는 노화의 징표다. 오래 묵은 것들은 다 흰색에 가까워진다. 흰색은 소멸의 징후다. 노인의 흰머리는 젊음의 약동하는 기운이 다 쇠하고 죽음이 지척에 와 있음을 암시한다. 이렇듯 시인은 백색이 꿈, 환幻, 망각, 소멸의 뜻을 품고 있고, 궁극으로 공空이며 무無의 표상이라는 것에 기대어 우리 실존의 가없음을 노래한다. 시인의 백색 시편들은 우리 생의 가없음을 노래하는 비가悲歌로 읽어야 한다.

---

1   세사르 바예호, 《오늘처럼 인생이 싫었던 날은》, 고혜련 옮김, 다산북스, 2017, 75쪽
2   바예호, 앞의 책, 234~235쪽
3   임봄, 《백색어사전》, 장롱, 2015
4   임봄(1970~)은 경기도 평택에서 태어났다. 2009년 계간지 《애지》로 등단했다. 특이하게도 '백색' 이미지들을 탐구하는 시들을 썼다. 드러내놓고 백색을 편애하고 그것을 탐구하는 시인이다. "백색은 검정색을 딛고" 오고, "이상과 허상의 경계를 통과한 빛"이며, "숫자 뒤에 붙어 무한대가 되는" 그 무엇이다. 시인은 제 무의식에 쌓인 백색을 파헤치고 불러내고 추궁하면서 노래하는데, 그런 시인을 백색의 무녀巫女/舞女라고 부를 만하다. 시인의 무의식에 결백과 순수에의 희구가 들끓고 있는 것일까. 시인은 백색에 빙의된 혼이 되어 무아지경으로 춤을 춘다. 그 춤의 절정에서 백색으로 물든 성모천왕의 신화를 채색한다. 시인은 백색의 몽상 속에서 사랑과 이별을 겹쳐 보고, 생과 죽음의 이미지들을 길어낸다. 2015년 이 '백색 시편'들을 모아 첫 시집 《백색어사전》을 펴냈다.
5   한강, 《흰》, 문학동네, 2016

아침에
일어나

아침을
보았다

누구나 연애를 하지만 연애가 늘 녹록한 것만은 아니다. 탈도 많고 말도 많은 게 사랑이다. 사랑이 타자를 빌려 외로움을 해소하고, 존재 안의 결핍을 충만하게 하는 것이라면, 타자 없이는 사랑도 존재할 수 없다. 외사랑조차도 타자를 특정하지 않고는 발화되지 않는다. 사랑은 자율과 열정의 부싯돌로 피운 불꽃이고, 그것에 기대어 제 삶을 구원하는 이들도 있지만, 사랑에 빠져서 자주권을 포기하는 사람도 있다. 사랑은 개인의 일이면서 제도의 영역에서 소동을 일으키기도 한다. 남녀가 함께 자는 일은 사랑의 한 부분이다. 남녀가 잠자리를 함께 하는 일은 사랑에서 빠뜨릴 수 없는 암묵적 기대 요소다.

성과 섹스는 남녀의 일이면서 보다 복잡한 "사회질서가 조직되는 일종의 축"[1]이다. 사랑은 두 사람이 감정 공동체가 되어 치르는 사랑의 관례일 뿐만 아니라 사회질서를 재생산하는 일이다. 가족이 연루되는 문제이고, 사회 관계망에서 그 질서를 구축하는 사건이다. 연애에 빠진 남녀가 성과 섹스를 겪은 뒤 더러는 예기치 않은 문제가 파생하는 것은 그 때문이다. 항상 남자보다 여자가 이 경험의 영향을 더 받는 것은 흥미롭다. 왜 그럴까? 일반적으로 정상적인 섹스는 남녀가 동등한 주체로 합의와 상호 협력 속에서 치르는 사랑의 의례지만, 여성에게 보다 더 "자아인식과 정체성 발견의 장場인 동시에 일종의 '문제적 지대'"[2]가 되는 것이다.

낭만주의 시대에 사랑은 고결한 열정의 산물로 받아들여졌지만 현대에 와서 사랑은 속화되고 욕구와 권력을 중심으로 모순과 갈등이 바글거리는 경연장으로 바뀐다. 과거에는 사랑이 생명을 바쳐도 좋은 비싼 대가를 치를 만큼 고귀한 것이었다면 지금은 흔하게 널려 있고, 젊은 남녀는 누구나 가볍게 사랑에 빠진다. 사랑은 한없이 가벼운 것이어서 작은 갈등에도 부서진다. 사랑을 감싼 신비라는 꺼풀이 벗겨지고 나서 이것은 가장 손쉽게 구하는 소비 품목으로 전락한다. 그렇다고 사랑의 수요가 준 것은 아니다. 여전히 유행가와 드라마, 영화들이 사랑을 중요한 소재로 다룬다. 뿐만 아니라 젊은이들은 사랑을 갈망하고, 사랑에 빠진다. 사랑은 자연스런 만남에서 촉발되지만 더러는 데이트 앱이나 중매 업체를 통해 이루어지기도 한다.

과거 섹스가 사랑이 깊어진 단계에서 자연스레 치르는 의례요 절차였다면, 지금은 더러 섹스만을 목적으로 한 만남을 갖는다. '하룻밤 사랑'이 그것이다. 하룻밤 사랑에서 섹스와 그에 수반하는 책임은 철저하게 각자의 몫이다.

"섹스를 위한 만남은 자유와 자율성이라는 이상적 규범을 중시하면서 일종의 암묵적 계약 관계로 슬그머니 탈바꿈한다."[3]

사랑이 깊어져서 섹스에 이르는 것이 아니라 섹스를 통해 사랑이 우러나와서 깊어지는 것이다. 섹스는 향락과 기분 전환을 넘어선, 사랑의 중요한 매질이다.

신체의 방[4]

아침에 일어나 아침을 보았다

한 사람이 가고 여기 움푹 파인 베개가 있다

당신은 나를 사랑하게 될 거요

그러나 여기 한 사람이 오고 반듯한 베개가 있다

저녁에는 일어나 저녁을 보았다

나는 당신을 죽일 거예요

아침에 일어나니 아무도 없었다

금방 또 저녁이 오고 있었다

여기 《연애의 책》이라는 매혹적인 시집을 들고 나타난 시인이 있다. 시인에 대해 아는 바가 거의 없다. 읽어보니, 시집은 사랑의 미묘하고도 복합적인 감정들, 살을 부비는 촉각의 쾌락과 익숙한 살냄새들, 사랑의 찰나를 쌓아서 만든 추억들, "갓 지은 창문에 김이 서리도록 사랑하는 일"(〈잠복〉), "우리는 서로를 만져 보았다/냄새가 났다", "우리는 젖었고/점점 거세졌다"(〈동산〉), "우리 이제 뭐할까/한번 더 할까"(〈동지〉)같이 섹스와 성애의 암시로 풍성하다.

사랑은 마음의 일이면서 몸을 매개로 벌어지는 일이다. **타자를 갈망함은 타자의 현존이자 실체인 그 몸을 갈망함이다.** 사랑의 성분적 요소는 몸의 애달픔, 몸의 헐떡임, 몸의 갈망과 난입이다. 사랑의 안팎을 두루 아우르고 있으니 시집 제목을 《연애의 책》이라고 한 까닭이 납득된다. 어쩌면 이 시집은 한국어로 읽을 수 있는 최고의 연애 시집일지도 모른다.

아침과 저녁 사이에는 베개가 놓여 있다. 아침에는 한 사람이 가고 한가운데가 움푹 파인 베개인데, 저녁에는 한 사람이 오고 반듯한 베개가 놓여 있다. 이 베개라는 오브제를 통해 드러나는 사실은 시의 화자가 애모하는 "한 사람"이 한집에서 사는 동거자가 아니라는 것이다 "한 사람"은 가끔 저녁에 와서 자고 아침에 나가는 사람이다. 다른 한 사람은 저녁에 오고 아침에 머리를 넣은 자리가 움푹 파인 베개의 주인을 기다린다.

두 사람은 한집에서 살지 않으니, 아침에 일어나면 그 사람은 떠나고 없다. 사람은 없고 그가 머문 자취만 남아 있는데, 그 자취를 바라보는 자는 사랑하는 이의 부재가 만든 공허와 슬픔을 애써 누른다.

사랑하는 이를 멀리 두고 혼자 있는 일은 괴롭다. 그랬기에 "혼자서 잘 있어야 한다고 일기에 적었다"(《혼자 있기 싫어서 잤다》)라는 문장들이 불거져 나온다. 연애를 하는데 많은 시간을 혼자 있는 사람은 그 혼자 있음을 견뎌야 한다. 그의 시들이 대체로 쓸쓸하고 아픈 것은 그 때문이다.

이 시집에는 만났다가 헤어지는 사랑, 한없는 기다림의 사랑, 그래서 늘 갈급하고 애절한 사랑이 펼쳐진다. 성애의 갈급함으로 두 몸이 타오르는 불길은 이 기다림이 베푸는 보상이다. **사랑하는 자의 기다림은 사랑의 불쏘시개이자, 그것이 타오르도록 풀무질을 해대는 동력이다.**

"아침에 일어나 아침을 보았다."라는 문장과 "저녁에 일어나 저녁을 보았다."라는 문장 사이에 무엇이 있는가? 그 사이에는 시간의 경과와 지나간 사랑의 흔적이 고스란히 남아 있다. 누군가 베고 잔 베개는 간밤의 사랑을 증언한다. 사랑은 나 아닌 타자가 있어야만 가능한 절대적 타자성의 경험인데, 저녁에 와서 나와 함께 사랑을 나눈 사람은 아침이면 속절없이 떠난다. 사랑하는 이가 떠난 뒤 부재의 공백과 한없이 기다리는 한 사람의 외로운 사무침만이 돌올하다. 기다림은 기다리는 자의 심신을 소진시킨다.

외로움이 아무리 사무쳐도 시의 화자는 제 감정이 흐트러지는 걸 여미며 담담한 태도를 유지한다. 그러면서 사랑의 여러 풍경을 지금 여기로 소환한다.

두 사람의 연애가 어떤지 그 속사정을 속속들이 알 수는 없다. 한 사람은 "당신은 나를 사랑하게 될 거요"라고 말하고, 다른 한 사람은 "나는 당신을 죽일 거예요"라고 말한다. 사랑하게 될 거라는 미래 시제로 전해지는 전언과 당신을 죽일 거라는 죽임의 예고는 크게 다른 언표가 아니다. 사랑의 애증은 손바닥의 안팎 같은 감정이다. 사랑의 연료가 곧 증오의 연료인 까닭이다. 이 사랑이 순탄치 않았으리라는 징후가 있다. 한 사람은 달아나고 한 사람은 남는다. 한 사람은 울고 한 사람은 '울지 마'라고 달랜다.

어쨌든 한 사랑이 지나갔다. 사랑은 함께 밥을 먹고 한자리에 눕는 일이고, 누운 자의 등을 바라보며 "당신도 이제 늙을 텐데 아직도 이렇게나 등이 아름답네요"(〈잠복〉)라고 말하는 일이다. 사랑은 소유할 수 없는 것을 가지려는 불가능한 욕망이다. 이토록 등이 아름다운 당신은 내가 소유하거나 소비할 수 없는 객체라니!

사랑하는 자의 "등"은 내가 움켜쥘 수 없는 미래로 달아난다. 그것은 가까운 데 있으면서 내 손이 닿을 수 없게 가장 멀리 있다. 애무와 쾌락은 달아나는 것, 사라지는 것을 움켜쥐려는 헛된 시도다. 즉각적으로 손에 움켜쥘 수 없음으로 그 아름다움은 숭고 그 자체다.

사랑과 그 정념이 지어낸 발화는 놀랍도록 아름다운 시집 군데군데 흩어져 있다. 유진목의 연애시는 사랑의 시작과 끝을 만드는 우연의 계기들, 사랑이 불러일으킨 다양한 감정과 기분들, 사랑의 결과인 임신과 출산, 그 모든 경험을 포괄한다.

"나는 너를 사랑하고 있구나"(《벚꽃 여관》)

이 사랑은 지독한 지병이다. 품고 앓을 만큼 앓아야만 떨어지는 것이다.

"내게서 당신이 가장 멀리 흐를 때/나는 오래 덮은 이불 냄새"(《접몽》)

사랑을 했지만, 당신은 멀리 떠나갔다. 당신은 내게서 가장 먼 곳에 있다. 혼자 남은 사람은 두 사람이 사랑할 때 덮은 이불 냄새를 맡는다. 지금 먼 곳 어딘가에 있을 당신을 느낄 수 있는 것은 이불에 배어 있는 당신의 냄새뿐이다.

"매일같이 당신을 중얼거립니다 나와 당신이 하나의 문장이었으면 나는 당신과 하나의 문장에서 살고 싶습니다"(《당신, 이라는 문장》)

아, 사랑은 당신과 내가 하나의 문장을 만드는 일이었구나!

사랑이 "하나의 문장"을 열망하는 일이지만 시인은 그 열망이 크고 간절한 만큼이나 그 일이 녹록지 않음도 알고 있는 것이다.

1   에바 일루즈, 《사랑은 왜 불안한가》, 김희상 옮김, 돌베개, 2014, 50~51쪽
2   일루즈, 앞의 책, 50쪽
3   일루즈, 앞의 책, 53쪽
4   유진목, 《연애의 책》, 문학동네, 2022
5   유진목(1981~)은 서울에서 태어났다. 시를 쓰면서 영화를 만들고 시나리오
    도 쓴다. 신춘문예나 문학지 공모와 같은 기존의 등단 절차를 버리고, 한 출
    판사에 시집 한 권 분량의 시를 투고해 시집을 출간하면서 등단했다. 한때
    필리핀의 한 섬에서 1년을 머물면서 시를 썼다. 이번 시집에 실린 시편들이
    그때 쓴 것이라 한다. 시인은 첫 시집을 묶는데, 16년이 걸렸다고 한다. 대학
    에서 국어국문학을 전공하고, 단편영화와 뮤직비디오를 찍고, '목련사'라는
    1인 제작사를 꾸리고 있다. 시인은 시를 쓰거나 장편영화 시나리오를 쓰고,
    부산에서 작은 서점을 꾸리며 산다.

휘어지는
비와

물울로 가는
여행자

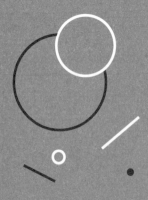

사람은 제가 겪은 기후의 총합이다. 다양한 날씨들이 기상학적 자아를 빚는다는 점에서 그렇다. 날씨가 화창한 때와 궂을 때의 기분은 다르다. 이를테면 비는 사람의 감성과 심리에 영향을 미친다. 해초 냄새를 풍기며 비가 내릴 때 당신의 영혼에 그늘이 드리워지고 목소리는 한 옥타브 낮아진다. 비가 도처에 침묵과 고독을 기르는 까닭이다. 누군가는 우울해지고, 누군가는 빗속에서 일탈의 즐거움을 꿈꾼다. 오랜 가뭄 끝에 내리는 비는 밭작물과 시든 초목들에게 생기를 더한다. 습기를 몰아오고 곰팡이를 만들고 버섯을 돋게 하는 한편, 많은 양의 비는 급류를 이루거나 강을 범람시켜서 홍수를 불러온다.

비를 상징하는 것들은 꽤 많다. 한 상징 사전에 따르면 비의 상징물들은 "도끼, 해머, 번개 이외에 뱀이나 뿔 달린 구렁이, 중국의 용, 개구리, 그 밖의 양서류, 게나 거미처럼 달에 속하는 동물, 개"[1] 등이다. **빗방울 하나하나는 길쭉하게 늘어진 작은 바다다. 인간 역시 걸어 다니는 바다다.**

비는 물로써 지표면 위에 흐르고 넘치는데, 비의 일부는 증발하거나 강으로 흘러가고, 일부는 지하 수맥으로 스며든다. 공자는 강가에 서서 말하기를 "지나가는 것이 다 이와 같구나. 밤낮으로 그 흐름이 약해지지 않는구나."라고 했다. 물은 원천에서 나와 나를 거쳐 강으로 흘러간다. 그 흐름이 그치지 않는다.

물은 무위에 처하지만 만물에 생기를 준다. 이에 노자는 상선약수上善若水, 즉 물의 성질이 도와 닮았다고 말한다.

물은 부드러우며 가장 낮은 데 처하는 성질을 가진 물질이다. 물은 제 원천에서 솟고 저를 가로막는 것을 말없이 돌아 나가며, 탁한 물은 저절로 맑아진다. 물의 성질은 남성보다는 여성의 속성과 닮은 바가 있다. 그에 반해 남성은 직선으로 나아가고 주변과 다투며 자신을 고갈시키는 성질이 있다. 노자는 "여성은 고요함으로써 남성을 이긴다"라고 했다. 물은 액화된 땅의 기운이다. 이 기운은 일정한 방향으로 움직이고 한데 머물러 있지 않으며 구름과 비로 순환한다.

여기 비에 유독 예민하게 반응하는 한 시인이 있다. 물의 질료성을 자아에서 세계 전반까지 투사하면서 상상하고 사유하는 시인이 내놓은 시집을 열면 비, 빗방울, 물방울, 물뱀, 물고양이, 물고기, 물비늘, 물병, 달물, 물사과, 물꽃, 물방울 나무들 등이 주르륵 펼쳐진다. 시인은 물의 상징 속에 자아를 숨기기를 좋아한다.

휘어지는 비[2]

신영배[3]

비의 고요한 한가운데

물울

어디쯤일까

　한 발자국을 떼어놓고 안과 밖을 살피던 여자는 몰아치는 비에
우산을 앞으로 하고 둥글게 몸을 말았다 안간힘으로 거센 비의 옆
구리를 밀었다

세계가 바다라면 사람들 하나하나는 그 바다를 이루는 물방울이다. 물을 입자로 쪼갠 게 물방울이다. 물방울은 둥근데, 그 둥긂 안에서 여자는 제 몸을 둥글게 만다. 시인은 무심코 여자가 "물방울을 안고 몸을 둥글게 만다"(〈물방울 알레그로〉)라고 쓴다. 양수로 가득 찬 자궁에서 몸을 둥글게 만 태아와 같이 제 몸을 마는 여자는 제가 물방울임을 무의식으로 인지하고 드러낸다. "여자가 일어나 몸 아래 물을 들여다"보고, "여자가 소녀들과 함께 물을 나른다".(〈물을 나르다〉) 여자는 자주 우는데, "울다 울다 물은 둥글어"(〈문을 여는 여자〉)진다. 이 도저한 물방울의 상상력 속에서 "나는 몸뚱이 없이 두 방울의 눈물로 서 있네"(〈물사과〉)라는 구절이 튕겨져 나온다. **물의 몽상 속에서 사람은 물로 태어나서 물사과를 먹고, 물잠을 잔다. 사람은 평생 물로 살다가 죽어서 물의 무덤에 묻힐 것이다.**

〈휘어지는 비〉는 몰아치는 빗속을 뚫고 어디론가 가는 사람을 보여준다. 그가 누구인지, 어디로 가는지를 말하지는 않는다. 아마도 여자일 것이다. 시집 전체가 유기적으로 연결되어 있고, 하나의 드라마를 보여주는 까닭에 그런 예단이 가능하다. 여자는 '문 뒤에 숨은 여자'다. 문 뒤에서 밖을 훔쳐보고, 문 뒤에서 누군가를 기다리고, 문 뒤에서 중얼거리며 웃는다. 오로지 문 뒤에서 제 삶을 꾸리던 여자에게 문은 일종의 차폐막이자 보호막이다.

여자는 문 뒤에 제 몸을 둠으로써 자아와 사생활이 바깥으로 노출되는 것을 단절한다. 바깥이 누군가 가고 오는 세상이라면, 여자는 그 세상과 자발적인 단절 상태에 놓여 있다. 다시 말해 가고 오는 일을 그친 채 유폐된 생활을 하고 있다. 여자가 왜 자신의 삶을 문 뒤로 유폐시켰는지는 밝혀지지 않는다. 자폐와 고독의 기운이 여자를 서늘하게 감싼다.

그 여자가 비가 휘몰아치는 날 문을 나와 바깥으로 걸음을 뗀다. 비의 정취를 즐기기 위함이 아니라면 빗속을 뚫고 어디론가 가야 할 일이 생겼을 것이다. 여자는 몰아치는 비에 몸을 둥글게 말고 비의 옆구리를 밀며 나아간다. 가야 할 길의 급박함을 암시한다. 거칠게 내리는 비란 난폭한 물이다. 사납게 퍼붓는 물은 여자에게 우호적이지 않다. **유폐는 끝났다. 거친 공격성을 품고 몰아치는 빗줄기와 가슴의 격류는 조응한다.** 오랜 자폐의 관습으로 보자면, 이 난폭한 물을 뚫고 나아가는 여자는 거의 진격을 하는 수준이다.

여자가 문 뒤에 스스로를 유폐했을 때 물은 얼어붙은 상태였을 것이다. 여자는 얼음의 이마, 얼음의 가슴, 얼음의 유두를 갖고 살았을 테다. 여자가 얼음이던 시절에서 해방되어 물이 되어 저 세계 어딘가를 향해 흘러간다. 애초에 여자는 물이었다. "바닥에 물자국이 놓여 있다 그녀가 가만히 디뎌본다 물로 걸어가본다 물로 뛰어가본다 동시에 물로 돌아온다".(〈물구두〉) 여자는 물로 서 있고, 물로 걸어간다. 여자는 물로 된 사람이니 당연히 물구두를 신는다. 물사과를 먹고 물구두를 신던 시절에는 "물의 요일"(《물의 요일》)들이 지나간다.

여자는 어디로 가는가? 그 목적지는 '물울'인데, '물울'은 사전에 등재되지 않은 단어이고, 어디에서도 찾을 수 없는 지명이다. '물울'이나 '물로'는 시인이 창안한 단어다. 〈물울〉이라는 제목의 시들이 일련번호를 붙이지 않은 채 여러 편 실려 있다. 그중 한 편에서 "서 있던 저녁이 앉을 물, 두 다리가 젖을 울, 발끝이 떨릴 물, 잔잔하게 퍼질 울,/서 있던 꽃이 앉을 물, 엉덩이가 젖을 울, 붉을 물, 둥글 울, 아플 물, 울 울", "서 있던 바람이 앉을 물, 얼굴을 묻을 울, 고요할 물, 잊을 물"이라는 구절을 선보인다. 이것으로 그 모호함을 더듬어 짐작할 도리밖에 없다.

'물울'은 서 있던 저녁과 꽃과 바람이 앉을 '물'과 두 다리와 엉덩이가 젖을 '울'이 합해진 어휘라고 설명한다. '물'은 발끝이 떨리고, 붉고, 아프고, 고요하다는 뜻을, '울'은 잔잔하게 퍼지고, 둥글고, 운다는 뜻을 머금고 있다. 두 의미를 더하면 '물울'의 의미가 또렷해질까? '물울'의 의미를 특정하려 할수록 더욱 모호해진다. '물울'은 특정한 시공을 가리킨다. "비의 고요한 한가운데" 따위가 그 '물울'이 존재할 가능성을 품은 시공이다. 시인은 "어디쯤일까"라는 의문문을 남김으로써 그곳이 정확하게 어디인지를 특정하지 않는다.

〈휘어지는 비〉는 난폭한 물과 싸우며 제 길을 열어가는 여자의 고투를 묘사한다. 여자가 오랜 유폐의 벽을 깨고 나와 거센 빗줄기를 뚫고 앞으로 나아가는 모습은 고투이거나 도약일 텐데, 시의 어조가 무겁거나 어둡지는 않다. 어쩐지 여자가 난폭한 물과 유희라도 하고 있는 양 밝고 명랑하다.

지금 여자는 집을 나와 '물울'로 떠나는 여행자다. 여자는 "지붕만큼 부푸는 치마를 갖고 싶어"(《물울》)라고 말하는데, 지붕은 "사막을 딛고 서서 물로 지붕을 짓는"(《아름다운 지붕》)이라는 구절에 따르면, 물의 지붕이다. 물의 지붕, 부푸는 치마는 바다 이미지의 여러 변주 중 하나일 것이다. '물울'은 물로 된 지붕을 가진 집, 모든 물방울들이 흘러서 귀착하는 곳, 곧 사막과 같은 세계 저편에 펼쳐진 넓고 따스한 바다가 아니었을까. "우울하고 둥글고 아찔"(《물울》)하다는 그 '물울'은 둥근 바다이면서 또한 거대한 하나의 물방울이 아닐까.

1 잭 트레시더, 《상징 이야기》, 김병화 옮김, 도솔, 2007, 156쪽

2 신영배, 《물속의 피아노》, 문학과지성사, 2013

3 신영배(1972~)는 충남 태안에서 태어났다. 2001년 황현산과 김혜순이 편집인이던 계간지 《포에지》에 〈마른 피〉 외 시 네 편을 발표하며 등단했다. 그동안 《기억이동장치》《오후 여섯 시에 나는 가장 길어진다》《물속의 피아노》 등 시집 여러 권을 펴냈다. 2013년 봄, 원주의 토지문화관에 입주 작가로 머물 때 시인도 한 공간에 머물렀다. 구내식당에서 몇 번 얼굴을 마주쳤으나 시인은 거의 말이 없었다. 새 시집 《물속의 피아노》는 비, 물, 오줌, 바다, 강, 저수지 따위 수성水性에 침윤된 도저한 상상력을 보여준다. 시집 전체는 흥미롭게도 물로 이루어진 모호하고 아름다운 세계를 이룬다. 나비조차 "물로 반짝반짝 물로 팔랑팔랑"(《물과 나비》) 난다. 세계는 물로 출렁이고, 시인은 이 물의 세계에 자신의 상상력을 잇대고 있다.

28개의
단어와

그것을 발음하는
목소리들

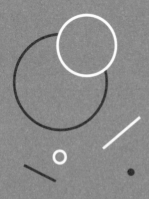

상징이란 사물이나 현상 따위에 다른 의미를 덧붙이는 사유의 연금술이다. 어떤 사물이나 현상은 상징을 매개로 의미의 분화가 이루어지는데, 상징의 세계에서 알은 우주적 생명을 품은 것이며, 나무는 천상과 지상을 잇는 우주목으로 변한다.

상징 조작은 언어의 도상학에서 세상을 이해하는 내러티브의 한 방식이다. 인간은 상징을 통해 추상과 관념에 머물던 것을 구체적인 것으로 이해하고 받아들일 수 있다. 상징은 무형적인 것, 덩어리에 불과한 것에 형상과 이름을 주고 새롭게 의미를 빚어내는 것이다. 그런 점에서 상징은 이전까지 없던 신기술이다. 인간은 0, 점성술, 역易, 신화, 천궁도, 하늘과 바다, 남녀, 생사, 낮밤, 시간과 계절, 물·불·땅·바람, 천둥·번개·풍우, 비와 안개, 이 모든 것들에 상징의 힘을 불어넣으면서 인지의 지평을 넓힌다.

상징의 도상학에서 피는 영혼과 에너지의 정수를 운반하는 생명의 상징으로 쓰이고, 심장은 몸 안에서 타오르는 태양이다. 일반적으로 세상을 밝히는 태양은 진리와 양심의 상징으로 받아들여진다. 새벽은 젊음과 희망으로, 정오는 진리의 계시적 시간으로, 황혼은 태양이 사라지면서 오는 쇠퇴와 죽음의 다가옴으로 이해되었다.

인간은 상상하고, 숙고하고, 꿈꾸는 가운데 얻은 상징 능력으로 이전에는 알지 못하던 세계에 대한 새로운 인지의 지평으로 들

어선다. 상징의 이해와 세계의 심연을 여는 키를 갖게 된 인간은 그만큼 더 유능해졌다.

신화 속에서 어머니는 여신이고 우주적 어머니라는 상징성을 부여받는다. 상징으로 빚은 어머니는 풍요와 탄생을 이끄는 여성 원리의 총체를 반영한다. 여성성의 상징들은 "받아들이는 자, 운반자, 생명을 주는 자, 보호자, 양육자"[1]라는 의미를 띤다. 신화 속 아버지는 남성 원리를 집약한 존재로, 최고의 신, 가부장적 권력을 쥔 자를 뜻한다. 상징으로 빚은 아버지는 "태양과 하늘의 힘, 도덕적·호전적 정신, 번개"[2] 등과 이어진다.

히브리 신비 철학인 카발라Cabala는 지혜를 바탕으로 빚은 상징체계로서, 어리석은 인간을 신과 우주에 대한 비전祕傳으로 이끈다. 인간이 빚은 상징은 생각할 수 없는 것들을 생각하게 만들고, 상상과 사유의 지평을 넓히면서 예술과 문화를 융성으로 이끄는 동력이 되었다. 무엇보다도 시는 상징의 언어, 한마디로 상징을 통해 빚은 은유의 덩어리다. 상징과 은유는 겹치는 바가 있지만 그와는 다른 무엇이다. 시인이란 상징을 쓰는 사람이고, 한 편의 시, 한 권의 시집은 수많은 상징을 품는다.

시는 세계를 바라보는 천 개의 눈을 가졌다. 이 천 개의 눈이 곧 상징의 눈이다.

목소리들[3]

돌, 거기까지 나와 굳어진 것들

빛, 새어 나오는 것들, 제 살을 벌리며

벽, 거기까지 밀어본 것들

길, 거기까지 던져진 것들

창, 닿지 않을 때까지

겉, 치밀어 오를 때까지

안, 떨어질 곳이 없을 때까지

피, 뒤엉킨 것

귀, 기어 나온 것

등, 세계가 놓친 것

색, 파헤쳐진 것, 헤집어놓은 것

나, 거울에서 막 빠져나오는 중,

　　늪에는 의외로 묻을 게 많더군

너, 거울에서 이미 빠져나온,

　　허공에도 의외로 묻힌 게 많군

눈, 깨진 것, 산산조각 난 것

별, 찢어진 것

꿈, 피로 적신 것

씨, 가장 어두운 것

알, 거기에서도 꼭 다문 것 격렬한 것

뼈, 거기에서도 혼자 남은 것

손, 거기에서도 갈라지는

입, 거기에서도 붙잡힌

문, 성급한, 뒤늦은, 때늦은

몸, 그림자가 실토한 몰골

신, 손가락 끝에 딸려 오는 것

꽃, 토사물

물, 끓어오르는

칼, 목구멍까지 차오른

흰, 퍼드덕거리는

이 시는 한 어절로 된 단어 사전이라고 할 수 있다. 한 묶음의 단어들로 만든 일종의 '시어 사전'인데, 이 사전에는 돌, 빛, 벽, 길, 창, 곁, 안, 피, 귀, 등, 색, 나, 너, 눈, 별, 꿈, 씨, 알, 뼈, 손, 입, 문, 몸, 신, 꽃, 물, 칼, 흰 등 모두 28개의 단어가 실려 있다. 이 단어들은 28개의 목소리다. '흰'이라는 색채 형용사를 제외하고 모두 한 어절로 된 명사들이다. 이것들은 시인이 편애하는 단어들일 텐데, 그 펼침은 무작위적이다.

시인은 이 시어들 속으로 스며들고 내부를 헤집으며, 이것들이 내는 목소리를, 불명확한 웅얼거림을 경청한다. 시어마다 한 줄의 상상력을 덧붙이는데, 그 자체로 한 행의 시들이다. 이것들은 시인의 무의식에서 불거진 것이다.

시어들의 나열에는 엄격한 원칙이나 질서가 없다. 그저 무의식의 임계점에서 파열하듯이 다채로운 한 음절 명사들이 쏟아진다. 무의식을 기반으로 하는 자유연상으로 주르륵 나온 시어들은 상호 연계되지 않고 개별화한다. 마치 태양을 도는 행성처럼, 지구 위에서 개별자로 사는 사람들처럼. 그래서 시어와 시어 사이의 유기적 느슨함은 불가피하다.

자, 시의 본문을 살펴보자. "돌"은 세상의 모든 단단한 것들을 대표하는 경성硬性의 사물이다. 그것은 단단한 광물성 형질이고, 잘 변형이 되지 않는다. 이 불변성의 연계로 말미암아 "거기까지 나와 굳어진 것들"이라는 목소리는 자연스럽다.

"빛"은 누리에 넘치지만 누리와 차단된 안쪽에는 빛이 들어오지 않는다. 누리는 빛으로 환하고, 누리 안쪽은 어둠이 그득하다. 빛이 누리 안쪽으로 들어오려면 틈이 있어야 하는데, 그래서 "새어 나오는 것들, 제 살을 벌리며"라는 연상이 뒤따른다.

"벽"은 공간을 분리하고 단절한다. 벽은 막힌 것이어서 오고 감을 차단한다. 애초 이것은 밀어볼 수 없지만, 시인의 연상 속에서는 바로 "거기까지 밀어본 것들"이다. "길"은 어디에나 있다. 본디 있는 것이 아니라 사람이 걸은 뒤 길이 생긴다. 길은 "거기까지 던져진 것들"이다. "창"은 바닥보다 높은 곳에 있다. 아직 키가 다 자라지 못한 어린 시절에는 창에 닿을 수 없다. 그런 유년기 경험에서 창은 "닿지 않을 때까지"라는 목소리를 낸다.

"겉"은 사물의 거죽이다. 안에서 부푼 것들의 부피를 감싸며, 안쪽 내용물과 함께 "치밀어 오를 때까지"가 되었을 테다. "안"은 사물의 안쪽이다. 사물의 내부이자 추락의 현장인 안은 아득하게 떨어져서 더는 "떨어질 곳이 없을 때" 그 내부를 형성한다.

"피"는 몸속 체액의 한 종류다. 이것은 액체이며 혈관을 돈다. 피는 바깥으로 나오면 굳는다. 피는 혼란스럽다. 피는 공기 속에서 "뒤엉킨" 채 굳는다. "귀"는 머리 일부로 귀속하지 않고 바깥으로 솟아나온다. 애초에는 내부에 편입되어 있었는데, 어느 사이에 바깥으로 "기어 나온 것"이다. "등"은 외롭다. 등은 전체에서 떨어져 나와 불안정하게 부랑하는 부분이다. 이것은 "세계가 놓친 것"들 중 하나다. 주체의 일면이면서 주체가 닿을 수 없는 가장 먼 쪽에 있다.

"색"은 만물이 제 안의 형질을 바깥으로 드러내놓은 것이다. 사물은 저마다의 색을 갖는다. 세상은 온갖 색채들의 향연이라고 할 수 있다. 색은 보이지 않는 사물의 형질들을 "파헤쳐진 것, 헤집어놓은 것"에 지나지 않는다.

우리가 주목할 것은 "씨"와 "알"이다. 이것은 생명의 시작이고, 만물의 기초를 이루는 요소들이다. 모든 존재의 역사는 이것에서 시작하니, 이것들은 근원이고 본질이다. "씨"는 식물의 것, "알"은 동물의 것이다. "씨"의 바탕은 "가장 어두운 것"이고, "알"은 "거기에서도 꼭 다문 것 격렬한 것"이다. 이것들은 고갈과 탕진의 반대, 즉 풍부한 자양분의 덩어리다. 씨와 알로 있는 동안 이것은 자양분의 형태로 부동하는 욕망이고 잠재적인 팽창이다. 우주는 암흑 물질에서 나오고, 생명을 빚는 것도 어둠이다. 씨와 알이 보여주듯 **생명은 가장 어두운 것에서 비롯하고, 격렬함에서 솟아나온다.** 씨와 알은 어느 순간 폭발하고 비상한다. 파열하고 변환하며, 우주에서 개별의 존재로 도약하는 것이다.

사람은 "몸"으로 살아간다. 몸은 피, 귀, 등, 뼈, 손, 입을 거느린다. 몸은 존재의 거푸집이자 움직이는 전체다. 우리는 몸으로 먹고 싸고 자고 걷고 떨고 말하고 사랑한다. **몸은 실존의 무거**

움을 다 받아낸다. 인간은 몸의 현존을 사는 존재다. 몸이 없다면 삶도 없다. 몸은 보이지 않는 자아에 형태와 윤곽을 부여하고, 삶의 물적 기반을 이루지만, 다른 한편으로 "그림자가 실토한 몰골"에 지나지 않는다. 보이지 않는 영혼이 담긴 이 몰골이라니! 인간은 몸으로 태어나 몸으로 살다가 돌아간다.

모든 존재의 끝은 부재다. 부재를 지시하는 "흰" 것으로 돌아가는 것이다. 그러니 "흰" 것의 안에는 얼마나 많은 부재들이 "퍼드덕거리는"가! 우리는 살아서 퍼드덕거리고, 죽어서는 부재로 퍼드덕거린다.

어느 시대에나 가장 좋은 시인들은 눈으로 궁극의 것을 보고, 귀로 궁극의 소리를 들으며, 머리로는 궁극의 형상들을 상상한다.

"시각에서 다른 시각이 나오고 듣는 것에서 다른 듣기가 이루어지고, 목소리에서 사람과 사물들의 이상한 조화에 대해 영원히 호기심을 갖는 목소리가 나온다."[5]

시인들은 항상 다르게 보고, 다른 것을 들으라는 정언적 명령의 세계에 속한다. 그리하여 같은 것을 보면서 다른 시각으로 보고, 같은 것을 들으면서 다른 귀로 들으며, 같은 목소리에서 호기심을 자극하는 새로운 목소리를 듣는다.

시의 심층에서 울려 나오는 소리는 시인의 고막에 울려 퍼진 궁극의 목소리들이다. 이것은 돌과 별과 꽃의 목소리고, 씨와 알의 목소리며, 피와 뼈와 귀와 등의 목소리다. 28개의 시어들은 28개의 상징을 이루며 저마다 다른 목소리를 내는데, 이것은 세계를 구성하는 물질과 관념들의 형이상학, 물리학, 역학, 유체공학, 광물학의 목소리들이다. **시인은 만물이 내는 목소리를 경청하며 동시에 이것을 세계에 중계한다.** 목소리가 "노래인 동시에 메아리며, 삶인 동시에 기억"[6]인 한에서 그렇다.

1   잭 트레시더, 《상징 이야기》, 김병화 옮김, 도솔, 2007, 17쪽
2   트레시더, 앞의 책, 18쪽
3   이원, 《불가능한 종이의 역사》, 문학과지성사, 2015
4   이원(1968~)은 경기도 화성에서 태어나고 서울에서 성장했다. 1992년 계간지 《세계의 문학》 가을호에 〈시간과 비닐봉지〉 외 세 편의 시를 발표하면서 등단했다. 시인에 따르면 "아무 데나 펼쳐지는 책처럼/우리는 지구에서 고독하다". 사람이 고독한 것은 이 지구에서 저마다 고립된 개별자로 살기 때문이다. 지구 위의 고독한 삶의 행태를 보라. "손바닥만 한 개에 목줄을 매고/모든 길에 이름을 붙이고/숫자가 매겨진 상자 안에서/천 개가 넘는 전화번호를 저장한 휴대폰을 옆에 두고/벽과 나란히 잠드는 우리는/지구에서 고독하다".(〈우리는 지구에서 고독하다〉, 《21세기 문학》) 고독이 불가피한 실존의 형상이 되지 않을 수가 없다. 시인은 초감각으로 세계를 맛보고 냄새 맡으며 소리를 경청한다. 그러니 "같은 자리에서 신맛과 단맛이 뒤엉킬 때까지//사과는 둥글어졌다"(〈애플 스토어〉, 《사랑은 탄생하라》)라고 쓸 수 있었을 테다. 이원 시인은 등단 뒤 시집으로 《그들이 지구를 지배했을 때》 《야후!의 강물에 천 개의 달이 뜬다》 《세상에서 가장 가벼운 오토바이》 《불가능한 종이의 역사》 《사랑은 탄생하라》 등 여럿을 펴내고, 현대시학작품상, 현대시작품상 등을 수상했다.
5   월트 휘트먼, 《풀잎》, 허현숙 옮김, 열린책들, 2011, 19쪽
6   J. P. 리샤르, 《시와 깊이》, 윤영애 옮김, 민음사, 1984, 74쪽

강함은
보이지

않는 곳에
있다

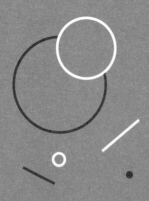

사는 게 별것 아닌 줄 알았다. 살아보니, 별것이었다. 잘 산다는 것, 우리가 갈망하는 의미에 매개되는 삶이란 항상 별것이다. 이 세상에 무의미한 것은 없다. 나날의 행동은 의미화에 연루되면서, 또한 의미의 연속 위에서 삶을 빚는다. 이 의미화에 치명적인 영향을 끼치는 게 죽음이다. 인간이 불멸이 아니라 죽음에서 벗어나지 못한다는 한계에서 그렇다.

우리 안에 깃든 죽음의 불안은 하나의 본질이다. 세계의 모든 문화는 이 죽음의 불안을 어떻게 뛰어넘고자 했는지를 보여준다. 서른 해 전 중국 진시황의 병마용을 둘러보고 영생을 향한 한 인간의 열망이 얼마나 끈질긴가를 새삼 되새기면서 소름이 돋았다.

종교, 문화, 철학은 인간이 제 안에 깃든 죽음의 불안에 어떻게 대처해 왔는지를 여실히 보여준다. 인간은 신화와 종교에 기대어 죽음의 공포를 관리하며 공동체 의식을 다진다. 아울러 사회를 통합하는 신념, 가치, 관습, 유대를 기르고 그 속에서 존재의 안정을 꾀한다.

그리스 신화, 성경, 코란, 불경 등은 인간이 죽음의 영향력에 맞서기 위해 고안한 이야기들이고, 상징적 장치들이다. 이것들은 영혼의 불멸과 내생과 윤회에 대해 말한다. 의례, 예술, 신화, 종교 따위는 인간의 상징화와 허구를 현실로 만드는 상상력에 기대서 빚어진다. 이것은 불안과 공포를 낳는 죽음의 사회심리학을 넘어서서 영원히 지속되는 삶에 대한 갈망을 심어주었다. 종교가 인간에게 준 선물은 아마도 "보호 및 불멸의 감각"[1]일 것이다.

그로 인해 인간은 지적 능력을 한껏 고양시키며 유일한 초월적 존재로 거듭날 수 있었다. 스핑크스, 타지마할, 이스탄불의 성소피아성당, 성바오로대성당, 피렌체대성당, 쾰른대성당 따위의 저 웅장한 종교적 건축물들은 죽음의 불안을 극복하려는 분투의 흔적이다. 아울러 장엄한 종교적 형상물들은 짧고 덧없는 인간 생에 견주어 항상 상징적 불멸성을 과시한다.

동물은 자기 죽음을 인지하지 못하고, 아무 비탄을 느끼지 못한 채 죽음을 맞는다. 반면 인간은 살아 있다는 감각을 기반으로 삶을 꾸리고, 그 토대에서 제 삶을 꾸리다가 죽는다. **인간은 삶이 품은 죽음을 인지하고 그것이 만드는 공포에 맞선다. 인류의 문화와 철학은 죽음의 영향력 아래서 태어나고, 종교는 그것을 의식으로 승화시킨다.** 초혼 의식, 씻김굿, 천도제, 부활절 미사 같은 엄숙하고 비장한 종교 의례는 죽음과 내세를 둘러싼 인간의 의식과 태도를 집약해 드러낸다.

죽음을 부정하고 용감한 자아상을 세우려는 것은 인간 본성의 한 부분이다. 이 본성이 제 이익을 침해하고 생존을 위협하는 상대에 맞서 의지를 불태우게 만든다. 개인 간의 싸움이나 국가 간의 전쟁은 자신의 존엄에 위협을 가하는 상대에게 맞서는 행위다.

흔히 개인 간 싸움은 이익과 기회의 상충에서 빚어지는 데 반해, 나라 간 전쟁은 영토와 자원, 주권의 다툼에서 시작한다. 2017년 가을, 핵을 내세워 위협하는 북한과 그 통치자를 향해 미국 대통령이 핵의 '화염과 분노'로 응징하고, '완전 파괴' 시키겠다고 선언한다. 이에 맞선 북한 당국은 "공화국에 대한 군사적 공격 기미를 보일 때는 가차 없는 선제공격으로 예방 조치를 취할 것"이라면서 핵전쟁도 불사하겠다는 의지를 천명한다. 이로써 한반도는 핵전쟁 위기로 치닫는다.

개인이건 국가건 분쟁은 도덕과 윤리를 앞세운 대의명분으로 포장되는데, 더 깊은 곳에서는 "죽음 불안을 '사악한' 타인에게 투사함으로써 해결하려는 욕구"[2]의 발현이다. 인간의 내면에 있는 그토록 살려는 본능은 더러는 자기 본성에 반하여 죽을 각오를 하고 싸움에 나서게도 한다.

여기 싸움의 내면심리학을 보여주는 시가 있다. 김상혁의 첫 시집을 '역사적'인 시집이라고 할 수는 없겠지만, 매력과 개성을 두루 갖춘 시집이라는 평가에는 많은 이들이 기꺼이 동의할 것이다.

싸움[3]

김상혁[4]

강함은 보이지 않는 곳에 있다.
비좁은 보행로를 걸어가는 권투 선수의
펼쳐진 왼손처럼, 건널목에 서게 되면 건널목만을 생각하는 머릿
속처럼
무심하고 고양되지 않는다.
눈빛이 마주칠 때 무서운 건 무엇인가.
실제로 아무런 싸움도 나지 않는데

이렇게 등을 돌리고 누우면 강함은 너의 침묵 속에 있다.
고요함은 나에게 네가 울고 있을 것 같은 기분을 들게 한다.
눈빛이 마주치지 않는데 깜깜한데
내일의 너는 멀고 무더운 나라
낯선 이웃들이 자꾸 인사하는 어떤 문밖에 서서
우리의 침대를 태우고 있거나 그런 비슷한 종류의 모든 문밖에
계속 서 있을 것만 같은.
실제로 아무런 눈물도 흘리지 않는데
앞으로는 너의 교외가 슬퍼질 것만 같은.

어둠 속에서 너에게 나는 웃는 사람인가.

네가 나에게 등을 돌릴 때 나는 너에게 강한가.

내가 주먹을 내지른 공간이 건너편 방의 침묵 속에 쓰러져 있다면

그것의 인내는 언제까지인가.

등을 돌리고 강해지는 우리들.

두려워도 상대의 눈에서 눈을 떼지 마라. 어쩌면 다음을 위한

이런 규칙을 깨야 할 때

사소한 거짓말을 시작할 때 나는

고요한 나에 대해 얼마나 강한가.

시의 화자는 웅크리거나 엎드려 있다. 이것은 갈망과 현실이 어긋나 있는 상황 속에서 자기 견딤을 보여주는 자세다. 시인은 "내 엎드린 자세 뒤에서 밤이 야행성을 단련"(《누가》)하고, "엎드리는 건 오직 은밀한 조립을 위한 자세일 것"(《조립의 방》)이라고 쓴다. 조립은 도구—사물이 용도를 다하면 해체해 버릴 수도 있는 임시 결합이다. 시인에게는 밤도, 애인도, 삶도 조립식인데, 이것들이 항구적인 것이 아니라 임시방편이라는 뜻이다. 시의 화자는 엎드린 자세에서 "이 집에서 슬픔은 안 된다"라는 어머니의 명령을 들으며, "나는 도대체 무엇인가"(《누가》)라고 묻는다. 시인의 이 첫 시집이 '나'라는 존재의 정체성 찾기라는 큰 기획의 틀 안에 있음을 암시한다. 내가 그의 시 세계를 탐색하려고 고른 것은 〈싸움〉이라는 시다.

이 시는 '너'와 '나'의 싸움에 대해 말한다. 권투 선수를 언급하고 주먹을 내지르지만, 어떤 싸움도 일어나지 않는다. 이 시는 싸움이 아니라, 어떤 이유로 눈빛을 마주치지 않고 등을 돌리는 것, 침묵과 고요 속에 웅크리는 일의 괴로움, 그 괴로움을 견디는 것의 강함에 대해 말한다.

그 어조는 암시적이다. "이렇게 등을 돌리고 누우면 강함은 너의 침묵 속에 있다./고요함은 나에게 네가 울고 있을 것 같은 기분을 들게 한다."와 같은 구절을 음미해 보라. 시인은 '너'는 누구인가에 대한 의문을 해결하지 않고 모호한 채로 놔둔다.

'너'는 '나'의 사랑을 받는 존재인가? 어쩌면 그럴지도 모른다. '너'는 '나'에게 등을 돌린다. '너'는 '나'를 떠날 셈인가? 그럴지도 모른다. "내일의 너는 멀고 무더운 나라"가 그 사실을 암시한다. '나'는 '너'의 등 돌림으로, 혼자, '너'라는 존재가 만든 고요에 널브러져 있다. '나'는 그 고요함 속에서, 네가 울고 있을 것만 같은 기분을 느낀다. 그만큼 '나'는 자신의 처지에 앞서 '너'의 기분과 상태를 염려하고 있다.

아마도 '나'와 '너'는 사랑하는 사이인데, 이제 헤어지려는가 보다. "내가 주먹을 내지른 공간이 건너편 방의 침묵 속에 쓰러져 있다면/그것의 인내는 언제까지인가."라는 구절은 '너'의 상실에 반응하는 '나'의 모습을 드러낸다. 그것은 분노와 두려움이 뭉쳐서 만든 반응이다. '나'는 어떤 대상이 아니라 빈 방을 향해 주먹을 내지른다. '나'는 '너'를 떠나보낸 뒤 그 빈자리를 견뎌야 한다. 그렇게 사랑을 잃은 자가 감당할 고독과 불모성, 사랑 없음의 황막함에 대한 인내가 언제까지인지 모르지만, '나'는 무조건 견뎌야 한다.

시의 화자는 강함에 매달리고, 그것을 모두에게 보여주고 싶어 한다. 강함이란 무엇인가? 권투 선수와 같이 싸워서 상대를 때려눕히는 일이 아니다. 그것은 "네가 나에게 등을 돌릴 때 나는 너에게 강한가."라는 물음에 따르자면, 강함은 사람과 사람 사이에 존재하는 우정과 사랑, 모든 연대와 인류애를 넘어선, 그것마저 없을 때조차 꼿꼿하게 견디는 형식으로만 드러난

다. 낯선 것을 낯선 것 그대로 견디는 것, 그것이 강함이다.

개들은 낯선 것, 잘 알 수 없는 것을 향해 맹렬하게 짖는다. 잘 알 수 없는 것들이 일으키는 불안과 의심에서 요동치는 것이다. 그 불안과 의심의 이면에 있는 것은 두려움이다. 개가 짖는 것은 제 안의 두려움 때문이다. 사람 또한 잘 알지 못하는 것에서 두려움을 느낀다. 그런 맥락에서 "등을 돌리고 강해지는 우리들."이라는 구절이 만들어진다.

김상혁의 시에서 '어머니'는 가족의 생계를 부양하는 책임을 지고 있는 것으로 보인다. "어머니는 매일 일을 나갔다."(《학생의 꽃》)라는 구절이 암시하는 바에 따르면 생계를 책임지는 어머니에 대한 미안함 때문에 '나'의 마음에 빛과 그늘이 자라난다. 편모슬하라는 슬픔이 드리워진 이 젊은 시인의 의식에서 어머니는 자주 대타자, 아버지의 대리인으로 나타난다. 어머니는 "후레자식은 어쩔 수 없다며 왼손으로 내 머릴 후려"(《정체》)친다. 어머니의 말들은 법이고 규범이고 최종 심급의 심판이다. 어머니는 다정할 때 "바다를 건너면 여자를 몰래 사랑하고 꼭 양말을 신거라"(《당부》)라고 하지만, 강함을 독려할 때는 "이 집에서 슬픔은 안 된다"(《사육제로 향하는 밤》)라고 하며 단호한 어조로 슬픔을 금지한다. 더 나아가 "두려워도 상대의 눈에서 눈을 떼지 마라."라고 명령한다.

편모슬하의 세계에서 어른이 된다는 것은 어머니의 명령과 규범에서 벗어나는 일이다. 손발이 자라고 독립된 주체로서 제 삶을 스스로의 규범으로 꾸리는 일이다. 가족과 어린 자신에 대해 언급하는 시의 화자는 어머니의 규칙을 깨고 "사소한 거짓말을 시작할 때"로 나아간다. 어머니의 그늘에서 벗어나는 일은 어머니의 말을 거스르는 것과 동시에 애비 없는 자식으로 살기를 부정하는 일이다. 그 후레자식 되기를 부정하려면 강함을 증명해야 한다. 그래야만 어머니의 영향력에서 벗어나고, 스스로 애비가 될 수 있을 테니까! 강한 '나'는 고요한 '나'다. 그 심급에서 '나'는 **"고요한 나에 대해 얼마나 강한가"**라고 묻는다.

1 셸던 솔로몬·제프 그린버그·톰 피진스키, 《슬픈 불멸주의자》, 이은경 옮김, 흐름출판, 2016, 134쪽
2 솔로몬·그린버그·피진스키, 앞의 책, 231쪽
3 김상혁, 《이 집에서 슬픔은 안 된다》, 민음사, 2013
4 김상혁(1979~)은 서울에서 태어났다. 2009년 계간지 《세계의 문학》 신인상을 받으며 등단했다. 첫 시집 《이 집에서 슬픔은 안 된다》를 펴내고 주목을 받았다. 우리가 젊은 시인에 대해 좀 더 알려면 그 시집을 보고 유추해 볼 수밖에 없다. "내가 죽도록 훔쳐보고 싶은 건 바로 나예요"(〈정체〉)라는 구절에 얼핏 드러나는 자기애, "똑같아지려고 교회를 다닙니다"(〈홍조〉)가 말하는 교회 소년, "이불을 뒤집어쓰고 울었다"(〈돌이킬 수 없는〉)가 보여주는 내향주의적인 소심함, "여자들만 남은 가정에서는 흔히 작은 슬픔 같은 건 금지되곤 한다"(〈학생의 꽃〉)가 암시하는 부성 부재가 또렷한 가정 따위. 이마저도 확신할 수 없는데, 그것은 화자가 이야기를 지어내는 재주를 가졌기 때문이다. 시를 빌려 고백하는 비밀은 그의 상상 세계가 가공으로 빚어낸 것일 가능성이 크다. 상상 세계는 괴이하고 야릇하다. 그것은 부어오른 목구멍에 손가락을 넣어 게우는 짓무른 뱀들, 꼬리를 갖고 싶은 아이들, 여자가 되고 싶었으나 그 욕구를 오로지 제 침대에게 털어놓는 남학생의 도착적 욕망들로 이루어진 세계다.

아이는
낡은

세계를
무찌른다

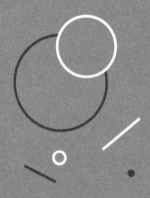

여기 아이와 시인이 있다. 둘은 엄마와 자식이라는 인연으로 엮여 한집에 산다.

"한순간, 엄마라고밖에 나를 알지 못하는/자식이라는 그 몽매한 이름을 가진/너와의 견딜 수 없는 동거!"(〈나, 너 때문에!〉)

아이는 풋것이고, 풋것인 아이는 시인의 어린 자식이다. 이 아이가 안개를 보며 "안개다!"라고 했던 바로 그 아이일까? 시인은 그 아이를 두고 "알아듣겠니, 너는 태생이 안개란다/미지로부터 와서 등불나방처럼 미지를 휘저으며 미지를 향해 나아간다"(〈안개〉)라고 쓴다. 품안의 어린 자식은 알 수 없는 곳에서 와서 알 수 없는 곳을 향해 나아가는 미지의 존재다.

어느 날 겨우 말문을 연 이 아이의 입술에서 엉뚱한 말이 흘러나온다. '왜 마음을 깨뜨리려고 해!' 시인은 아이의 말에 경이감을 느꼈을 게 틀림없다. 물론 이 어법은 어른들의 일상어와 관용어에는 없다. **아이는 말의 용법에 대해 학습이나 경험이 없기에 "말의 오래된 질서"를 두려워하지도 않는다.** 아이가 불쑥 내뱉은 그 말에 엄마이자 시인인 화자는 말문이 막힌다. 말문이 막힌 것은 시인이 그토록 암중모색하는 시를 아이가 아무렇지도 않게 내뱉었기 때문이다. 어린아이는 본질에서 시인이다. 아이는 자라면서 시인으로서의 천부성을 잃는다. 부모의 품을 떠날 때쯤 아이에게는 더 이상 시인의 흔적이 남아 있지 않다. 그의 가슴에 살던 시인이 죽은 것이다.

풋것, 아이 혹은 시인[1]

이선영[2]

'왜 마음을 깨뜨리려고 해!'
불쑥, 아무렇지 않게 튀어나온 아이의 말에 내 말이 막힌다
아직 일상어와 관용어에 눈뜨지 못한, 아니
말의 오래된 질서를 겁내지 않는
너의 무지, 너의 무감각, 너의 저돌, 너의 파격

시인은 몰입하는 존재다. 어디 시인뿐인가! 동물학자 데즈먼드 모리스Desmond Morris는 "나는 어떤 동물을 연구할 때마다 그 동물이 됐다."라고 말한다. 옥수수를 연구한 유전학자 바버라 매클린톡Barbara McClintock 역시 "옥수수를 연구할 때 나는 그것들의 외부에 있지 않았다. 나는 그 안에서 그 체계의 일부로 존재했다. 나는 염색체 내부도 볼 수 있었다."라고 말한다. 시인은 짐승의 시를 쓸 때 짐승의 소리로 울부짖고, 옥수수의 시를 쓸 때는 옥수수의 염색체 내부로 들어간다. 그리하여 시는 사물에 대한 촌철살인의 은유, 한 줄의 명쾌한 직관, 명징한 감각의 현재를 보여준다. 존 키츠John Keats는 좋은 시는 "태양처럼 자연스럽게 와서 비추다 침잠하며 장엄한 황혼의 호사 속에 독자를 남겨두어야" 한다고 했다. 그 호사를 거저 누리는 독자는 시가 쉽게 얻어지는 것이라고 착각할 수도 있다.

이미 쓰인 시들은 찬란하지만 그 창작 과정은 생각보다 고통스럽다. 그 고통은 "골방에 자신의 거추장스러운 육신을 한 짐 부려 놓아야만" 비로소 "살갗을 뚫고 돋아" 나오기 때문이다.

"검붉은 시가 살갗을 뚫고 돋아 나오는 이,/어둠의 섬뜩한 손톱으로 피가 나도록 시의 봉창을 크윽큭, 할퀴어대는 저 이!"(《아, 이 청승맞은》)

모든 시는 피를 뒤집어쓰고 있어 "검붉은 시"다. 시인이란 한 줄의 시를 얻기 위해 "손톱으로 피가 나도록 시의 봉창을 크윽

쿡, 할퀴어대는" 사람이다. **시인은 모두 도약에 실패한 호랑이들로, 날마다 포효를 하며 제 존재의 벽을 할퀴어댄다.** 그 포효는 좋은 시를 쓰려는 갈망에서가 아니라 나쁜 시밖에 쓸 줄 모르는 자신을 향한 저주일 것이다.

누구나 세속의 삶을 영위하는 동안 나이가 들면서 돈에 쪼들리고 일에 찌든다. 시인의 운명을 사는 사람도 피할 수 없는 일이다. 시인 역시 "수십억 광년 무주고혼의 외로움을 1인무舞하는"(〈낮별〉) 태양 아래 날마다 되풀이되는 일상범백사日常凡百事 속에서 기진하여 허우적인다. 시인은 그런 자신을 가리켜 "40여 년 상하지 말라고 데우고 지피고 또 얼려 온/이젠 맛깔스러울 것도 없어/그저 부엌만 지키고 있는 이 맹근한 음식"(〈쓰레기 버리러 간다〉)이라고 말한다. 시인도 던적스러운 일상에서는 처치 곤란한 몸뚱이를 가진 사람이고, 날마다 쓰레기를 버리러 가는 사람이다.

그 앞에 출현한 아이는 이 낡고 늙어가는 것들의 세상에서 날마다 세상을 젊게 만드는 풋것이다. 풋것에겐 분노나 우울도 없고, 예금 잔고나 사유재산도 없다. **신성한 우연 그 자체인 풋것은 우주를 가졌다.** 니체는 이 풋것을 두고 "순진무구요 망각이며, 새로운 시작, 놀이, 스스로의 힘으로 돌아가는 바퀴이며 최초의 운동이자 거룩한 긍정"(《짜라투스트라는 이렇게 말했다》)이라고 말한 바 있다. 아이, 늘 새롭게 시작하는 존재!

풋것의 입에서 뱉어져 나온 말은 시다! 시란 항상 풋것의 말이었다! 풋것은 지금 이 순간에 있는 그대로 존재하는 사람이다. 과거도 아니요, 미래도 아니다. 풋것은 오로지 현재 속에서, 지금 이 순간의 그러함〔如如〕 속에서 제 존재를 작열한다. 풋것이란 말랑말랑한 존재의 생동 그 자체다. 파릇하고, 그 파릇함으로 약동한다. 자아와 우주를 분별하는 추상적 인간이 아니라 자아와 우주를 무분별한 가운데 감응하는 존재다. 풋것들의 상상이나 직감, 언어 사용을 보면 인습이나 관습에서 자유롭다. 풋것들은 에두르는 법 없이 사물의 핵심으로 직진한다. **풋것은 무지와 무감각으로, 저돌과 파격으로 낡은 세계를 새롭게 만들고 눌리고 찌든 우리 마음을 기쁘게 한다.**

1　이선영, 《하우-부리 쇠똥구리》, 서정시학, 2011
2　이선영(1964~)은 서울에서 태어난 시인이다. 서울의 한 중산층 가정에서 불운이란 게 뭔지 모른 채 자란 소녀는 이화여자대학교 국문과를 졸업한 뒤 생면부지의 한 출판사 대표에게 일하고 싶다는 장문의 편지를 썼다. 그 편지의 수신인이 바로 나였다. 1986년이었던가. 첫인상은 일탈이라는 걸 한 번도 해본 적이 없을 듯했다. 존재 자체로 '나는 평범해요.'라고 말하는 듯했다. 도무지 절망과 불운, 혹은 퇴폐나 광기 따위는 모른 채 평범의 젖을 먹고 자란 존재가 평범과 지루함에 대한 절망적인 불응의 장르인 시의 신전에 자신을 바치게 되었는지 알 수가 없다. 평범은 숨어 있는 비범의 가장假裝이었을까. 어쩌면 우리는 문을 열기 전까지는 동이 트는 것을 모르는 어리석은 존재들이다. 그는 출판사에서 일하면서 몇 년 뒤 《현대시학》(1990년)에 시가 추천이 되어 시인이 되었다. 그 뒤 결혼을 하고 두 아이의 엄마가 되고, 대학에서 강의를 하며 시를 쓰고 있다. 시집 여섯 권을 펴낸 중견 시인은 여전히 평범의 삶을 불태우면서도 시의 화염 속에 꿋꿋하게 서 있다.

명확하거나
모호한

에그의
세계

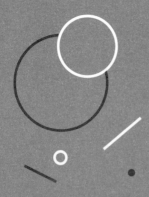

지구가 우주에 나타난 건 45억 년 전이라고 한다. 남조류로 뒤덮인 지구에 다세포 생물이 나타나고, 그 뒤 인류가 대지에 두 발로 서서 걷기 시작한 것은 불과 30만 년 전이다. 인류는 불을 제어하고 문자를 쓰는 한편 농업과 기술을 배우고 익히며 자연의 지배자로 등장한다. 기원전 1000년에는 인류가 100만 명이었는데, 3천 년 동안 빠르게 늘어나 70억 명을 훌쩍 넘어선다. 마치 세균이 번식하듯 빠른 속도로 그 수가 늘었다.

그동안 "성냥, 항생제, 시력 교정용 렌즈, 나침반, 칼, 신발, 비타민, 연필과 종이, 칫솔, 낚싯바늘, 금속 냄비, 태양광 전지를 쓰는 손전등, 그 밖에도 삶을 안전하게 만들어주는 갖가지 발명품들"[1]을 쓰면서, 인류의 수명은 세 배로 늘고, 영아 사망률은 놀랄 만큼 줄었다. 이들은 열대우림을 밀어 경작지로 바꾸고, 산을 깎아 평지로 만들고 도시를 건설했다. 공룡을 포함한 대형 포유류들이 멸종한 사이 이 대담한 생명체들은 기후변화를 견디고 살아남아 이제는 인간 유전체와 복잡한 뇌 안을 헤집고 들여다보는 데다, 먼 외계 행성들로 탐사선을 보내고 있다.

인류는 화석연료를 쓰고, 경작지를 넓혀 옥수수, 밀, 쌀 등의 식량 생산량을 끌어올렸다. 가축을 대량 사육하면서 식단을 육식 중심으로 바꾸었다. 지금은 인간과 가축의 수가 전체 포유류의 90퍼센트에 이른다. 인구 증가와 문명의 팽창은 지구에 과부하로 인한 폐단을 드러내고 있다. 대기의 이산화탄소 농도가 높아지고, 플라스틱 쓰레기가 바다를 더럽히며, 지구온난화로 해수면 온도가 올라간다. 인류는 애초 야생 지역 가까운 곳에 마을을 이루어 살았지만 나중에는 도시 거주를 선호하는 종으로 변하였다.

인류가 맞닥뜨린 현실은 역설에 갇혀 있다. 인류가 "도시에 사는 영장류이지만 몸은 아직 야생에 맞춰져 있다는 것, 한편으로는 모든 야생을 파괴하고 그 위에 뭔가를 짓거나 농토로 바꾸면서도 다른 한편으로는 야생을 갈구하고 필요로 한다는 것"[2]이 그 역설 중 하나다. 이것이 우리가 도착한 '에그의 세계'의 실상이다.

우리는 지구 북반구의 한 도시에서 직업을 구하고 사랑을 나누며 살아간다. 호모사피엔스는 자연을 거부하고, 제 삶의 터전을 스스로 만드는 종으로 진화하는데, 이것이 시인이 노래하는 '에그의 세계'다. 그렇다면 자연이란 무엇인가?

"자연은 우리를 감싸고, 우리에게 스미고, 우리 속에서 부글거리고, 우리를 아우른다."[3]

하루에 20킬로미터씩 북쪽으로 이동하는 봄을 맞고 보내는 콘크리트와 아스팔트가 깔린 도시 거주민인 우리는 공장형 양계 농장에서 나온 계란을 먹고, 태양이 빚어낸 몸을 갖고 산다. '도시라는 인위적 환경은 제2의 자연이고, 자연은 여전히 인류의 어머니다. 그 어머니는 '에그의 세계'에서 아주 멀리 떨어진 곳에 산다. 자, '에그의 세계'로 들어가 보자.

에그⁴

유계영⁵

깃발보다 가볍게 펄럭이는 깃발의 그림자
깃에 기대어 죽는 바람의 명장면

새는 뜻하지 않게 키우게 된 것이다
그러니까 사실은
알아서 찾아왔다는 사실이다
창밖의 무례한 아침처럼
그러니까 다가올 키스처럼
어떻게 두어도 자연스럽지 않은 혀의 위치처럼
새는 뜻하지 않게 시작된 것이다

새가 머무는 날
홀쭉한 빛줄기에 매달리는 어둠을 쪼며
짧게 나누어 자는 잠

그런 잠은 싫었던 거야
삼백육십오 일 유려한 발목의 처녀처럼
하나의 목숨으론 모자라

죽음은 탄생보다 부드러운 과정

새는 알을 남기고 간 것이다
나는 알을 처음 본 게 아니지만
곧 태어날 새는 어미를 전혀 알지 못한다
알 속의 혀가 입술의 위치를 짚어 보는
그런 명장면

처음 읽었을 때 제목에 의문을 품었다. 왜 '알'이 아니라 '에 그'일까? 왜 군이 '에그'라는 외래어를 썼을까? '에그'는 의도성 이 분명치는 않지만 '알'의 객관화일지도 모른다. 시인은 '알'에 서 관습적인 낯익음을 거둬내고 낯설게 보고 싶었는지도 모른 다. 이 시는 한 번에 그 의미가 파악되지 않는다. 우리 존재의 위치는 모호하다. 어떻게 두어도 자연스럽지 않은 우리 혀의 위 치나, 입술의 위치를 짚어보는 알 속의 혀가 그렇듯이. 하지만 시가 담고 있는 함의는 의외로 단순한지도 모른다.

이 시에는 뜻하지 않은 인연으로 새를 키우는 이의 경험이 희미하게 엿보인다. 정작 시인이 쓰고 싶었던 건 새를 통해 엿본 탄생과 죽음의 명장면들인지도 모른다. 시인은 바람, 깃발, 깃 발 그림자의 관계를 짚어 나간다. 바람이 우주의 기운이라면 깃 발은 그것에 영향을 받는 객체일 것이다. 우리가 사는 것은 "가 볍게 펄럭이는" 움직임 그 자체일 테다. 그런데 움직임의 주체가 깃발이 아니라 깃발의 그림자라는 게 이채롭다.

새가 내게 온 연유의 '뜻하지 않음'은 생명 탄생의 우연성에 조응한다. 모든 생명의 탄생이 '뜻하지 않음'으로 이루어진다는 뜻이다. 새는 뜻하지 않게 오는데, 그 뜻하지 않음은 "창밖의 무 례한 아침"이나 "다가올 키스"같이 도무지 짐작할 수 없는 우연 에 속한다. 명쾌한 것은 단 하나 새가 온 것뿐이다. '나'는 '새'

를 버리거나 죽일 수도 있지만 그렇게 하지 않는다. '새'를 맞아
들이고 거둬들였다는 점에서 생명에의 환대를 실천한 셈이다.
새는 내게 와서 머무르는 동안 모이를 쪼고 "짧게 나누어 자는
잠"을 잔다. 그게 새의 생태이니 그 추측은 어렵지 않다. 그러다
가 새는 알을 남기고 떠난다.

새와 '나'는 서로 계략을 꾸미고 기만을 하는 추악한 관계는
아니었을 테다. 둘은 생명으로서 동등하거나 초연한 관계였을
것이다. 뜻하지 않게 찾아온 새와 그 새를 떠맡을 수밖에 없었
던 '나' 사이에는 범속한 일상이 펼쳐져 있다. 시의 문면은 그
런 일상을 세세하게 따라가지 않는다. 일상은 있음과 없음의 사
이에서 흐트러짐, 혹은 과거와 미래 사이에서의 흐트러짐 속에
서 가까스로 질서를 세우고 펼쳐져 있을 뿐이다. **새도, 사람도,
그 밖의 생명들도 '사이'를 살다 간다. 그게 모든 생명이 지닌 숙
명이다.**

새는 알을 남기고 간다. 나는 '간다'라는 동사가 새의 죽음
을 암시한다고 읽었다. 앞서 나오는 "죽음은 탄생보다 부드러운
과정"이라는 구절에 기대어 볼 때 확실해진다. 새는 죽었으나,
알을 남겨두었다. 알은 생명이 생명으로 이어지는 연쇄의 고리
다. 새가 알을 남긴 것은 "하나의 목숨으론 모자라"기 때문이다.
생명이 잉태하고 나타나는 찰나는 모든 생물의 움직임 중에서

명장면에 속한다. "온갖 것들의 낮"이 품은 분주한 움직임이란 실은 살아 있음의 분주함일 테다.

새는 알에서 부화하는데, 알은 하얀 피막을 뒤집어쓴 모호한 생명체다. 알은 생명이고, 생명의 원형질에 대한 정보 집적체다. 알은 하얗다. 백색의 피막으로 세계와 저의 경계를 삼은 것이다. 이것엔 어떤 우주의 비밀이 숨어 있는 걸까?

"하얀 새의 알만이 하얀 것이 아니라 파란 새의 알도, 검은 새의 알도, 나아가 악어의 알이나 뱀의 알도 모두 하얗다. 그 백 안에 현실적인 생명이 깃들어 있다. 그것이 저세상과 이세상의 경계로서의 피막인 알의 껍질을 깨고 나왔을 때에, 이제 더 이상 백이 아닌 동물 본연의 색을 띤다. 생명체로서 이 세상에 탄생한 동물은 이미 카오스를 향하여 걷기 시작했다는 의미를 내포하는지도 모르겠다."[6]

새는 알을 깨고 나온다. 알을 깨고 나와 생명으로 부화하면서 "더 이상 백이 아닌 동물 본연의 색"을 갖고 카오스를 향해 나아간다. 삶이란 카오스를 향해 걷는 일이다.

시는 세계 속에서 저 너머를 보는 것이다. 시인은 끊임없이 제 현존의 자리인 세계에 형상을 부여하고 그것을 묘사한다. "속에서 저 너머 보기"는 그다음 일이다. 유계영의 시는 대체적으로 세계의 있음에 대한 무심한 소묘다. 모호하거나 명확하거

나. 이를테면 "곧 태어날 새는 어미를 전혀 알지 못한다" 같은 구절의 명확함이 그렇다. 대상과 대상의 관계는 명확한데, 그것이 처한 세계는 불확실하고 모호하다. 세계 전체는 알지 못함 속에 머물러 있다. 시인의 상상 속에서 세계는 미스터리, 신비, 모호함 그 자체다. 우리는 '뜻하지 않음'으로 이 세계에서 왔다가 저마다 '알'을 남기고 떠나가는 존재가 아닌가?

모든 생명의 태어남은 우연에서 기인한다. 원하건 원하지 않건 간에 우리가 도착한 세계는 바로 "에그의 세계"다. 이 세계에서의 하루는 24시간이다. 밤이 지나면 아침이 오는 세계, 새로운 탄생이 있고, 또 먼저 도착한 자의 죽음이 있는 곳, 그곳이 '에그의 세계'다. 그것은 "괜찮은 부모를 가졌다는 건/게으름에 대한 핑계가 부족해지는 일"(《생일 카드 받겠지》)이고, "엄마를 언젠가 속일 수 있다는 생각이/우리를 자라게 했어요"(《일주일》)라고 말하는 세계다.

우리는 이 '에그의 세계'에서 지난날을 기억하거나 망각하고, 재미를 위해서라면 오늘보다 먼 미래는 없다고 믿거나 믿지 않으며, 따분함과 슬픔을 구별하지 않으며 산다.

나는 내일 당신을 만나거나 만나지 않을 것이다. 이 취향과 예감의 공동체 속에서 우리는 연애를 하고 아이를 낳아 기르며, 조류는 새하얀 알들을 낳아 새끼들을 부화시킨다.

1   다이앤 애커먼, 《휴먼 에이지》, 김명남 옮김, 문학동네, 2017, 25쪽

2   애커먼, 앞의 책, 106쪽

3   애커먼, 앞의 책, 437쪽

4   유계영, 《온갖 것들의 낮》, 민음사, 2016

5   유계영(1985~)은 인천에서 태어났다. 동국대학교 문예창작과를 졸업하고,
    2010년 《현대문학》을 통해 문단에 나왔다. 그는 세계의 낯설음에 대해 쓴다.
    그에 따르면, 0(없음)과 1(있음) 사이에서 "천사는 자신이 거대한 태아라는 사
    실"을 싫어하고, 괴물이 되고 싶어 하는 것은 우리뿐이다. 해는 두 발로 지며,
    비는 바늘의 말투를 흉내 내려다 비가 되고, 말 없는 사람은 돌을 던지러 강
    가로 몰려온다.(《일요일에 분명하고 월요일에 사라지는 월요일》) 세계는 우연과 모
    호함과 불확실성을 머금고 부풀며, 우리는 그 안에서 착하게 사랑하거나 착
    하지 않은 방식으로 사랑하며 살아간다. 시인은 이 세계의 "온갖 것들의 낮"
    과 분주한 움직임들에 반향하며 종횡무진 움직인다.

6   하라 켄야, 《白》, 이정환 옮김, 안그라픽스, 2009

시인은

말놀이를
사랑해

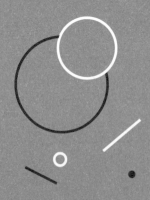

말은 보이지 않는 존재의 내부와 그 안에 들끓는 느낌과 생각을 누군가에게 전하기 위해 생겨났다. 말은 '나'의 가슴에 고인 '당신'을 향한 사랑을 전하는 도구다. '나'와 '당신'을 잇는 것은 말이 낸 길이다. 말은 '나'와 '당신'을 이으면서 사랑의 엄격하고 외로운 과업을 수행한다. 말은 우리가 누구이고, 어떤 욕망을 가졌는지, 궁극적으로 '나'의 존재를 세계에 드러낸다. 말이 사람이 가진 몸-영혼의 확장이라면, 사람은 말 그 자체다. **말이 곧 사람이니 말이 없다면 '나'와 '당신'도 없을 테다.** 우리가 다른 누군가의 말을 들으려는 것은 그 말이 누군가의 숨결이고 누군가를 향한 사랑의 전언이기 때문이다.

침묵은 말의 부재 위에 세우는 말없는 말의 현전이다. 침묵의 무효용성, 무목적성은 목적 지향의 존재인 사람의 처지에서는 납득하기 어렵다. 침묵은 침묵이라는 토양에 뿌려져서 자라난다. 침묵은 태초의 현상이다. 침묵은 모든 침묵보다 먼저 존재하고, 모든 침묵보다 나중까지 존재할 것이다.

말은 침묵이 나타나고 오랜 세월 뒤에야 그 벽을 뚫고 나온다. 침묵은 말이 잉태되는 자궁이다. 침묵이 없다면 말도 없다. **말은 침묵에서 나와서 침묵 위로 흩뿌려지는 씨앗이다.** 말의 씨앗들에서 침묵의 싹이 돋는다. 죽음이 생명의 테두리에 둘러쳐진 광휘이듯 말은 침묵의 테두리에 나타나는 광휘다.

사람이 말의 세계에 거주한다면 동물은 침묵 세계의 거주자다. 동물은 말을 할 줄 모른다. 동물은 자신의 말을 침묵 속에 가두고 있다. 말 대신에 단음절의 울음을 허공에 토해내는 들판의 암소를 보라!

"그들은 침묵의 짐승들이다. 그 넓은 등짝, 그 위에다 그들은 침묵을 싣고 다니는 것 같고, 그들의 눈은 침묵의 길에 깔린 갈색 자갈들 같다."[1]

동물의 침묵은 굳건하다. 암소는 묵묵히 제 일을 하고, 아주 간혹 울음소리를 내는데, 암소의 울음은 "침묵의 갈라진 틈"이고, "스스로를 파열시키는 침묵"이다.[2] 들판의 암소가 울음소리로 침묵의 갈라진 틈을 보일 때 우리는 잠시 그것에 의지해 휴식을 취한다. 사람은 태초의 침묵과 영원한 침묵 사이에 자신을 위치시킨다. 앞의 것은 오래된 무의 침묵이고, 뒤의 것은 죽음이 끌고 온 침묵이다.

가장 아름다운 말들, 시인의 언어는 침묵을 머금고 나타난다. 침묵을 머금지 않은 말은 소음에 지나지 않는다. 철학자 막스 피카르트Max Picard는 시인의 언어는 망령과 같다고 했다.

"자신이 다만 하나의 망령으로서 거기 있을 뿐이며 자신은 다시금 사라져버릴 수밖에 없다는 비애로 가득 찬 망령인 것이다."[3]

시인은 이 망령들을 데리고 한바탕 논다. 침묵의 속박에서 자유를 얻은 말들은 소리 이전이고 그 이후다. 여기 이리 튀고 저리 튀는 말들을 보라! 낙오된 귀를 열어젖히는 이 소리들. 이때 말은 징검다리고 밥이고 엄마고 바로 당신이다!

그 무렵, 소리들[4]

오은[5]

정수리가 토마토 꼭지처럼 힘없이 떨어져나갈 무렵,

팬파이프 소리, 피아노의 스물네번째 건반 소리, 병든 아이의 숨 소리, 마지막이 가까스로 유예되는 소리, 돌들이 튀어오르는 소리, 해바라기씨가 옹기종기 모여 한꺼번에 마르는 소리, 당신의 입술이 벌어질 때 나는 최초의 소리, 모래알들이 법석이는 소리, 조개들이 통째로 기어가는 소리, 눈물이 볼을 타고 견디듯 흘러내리는 소리, 티슈 한 장이 먼지 부연 선반 위로 떨어지는 소리, 수억 광년 묵은 별똥별이 전쟁터에 불시착하는 소리, 틀어막은 여자의 입에서, 어떻 게든 살아보겠다고 겨우 새나오는 비명 소리,

말들이 징검다리고 밥이고 우주고 엄마고 바로 당신이었던 그 무 렵, 낙오된 귀를 열어젖히는 한없이 낯선 소리, 에르호 에르호……*

* '에르호'는 테오 앙겔로풀로스의 영화 〈영원과 하루〉(1998)에 등장하는 노시인 알렉산더가 생의 끄트머리에서 발견한 시어들 중 하나로, '나'라는 뜻을 품고 있다.

시인은 말을 갖고 논다. 젊은 시인은 '말놀이'를 통해 제 시의 입지를 세운다. 그의 말놀이는 물놀이, 맛놀이, 몸놀이, 멋놀이 무無놀이, 문놀이, 몽夢놀이, 말馬놀이, 맥놀이, 멱놀이, 몇놀이, 맘놀이, 못놀이다. 재잘재잘, 벌컥벌컥, 첨벙첨벙, 우적우적, 폴짝폴짝, 찰랑찰랑, 찰칵칼칵, 딸깍딸깍, 두근두근, 어푸어푸, 무럭무럭 따위의 다채로운 의성어와 의태어들이 존재 바깥으로 발화되며 〈ㅁ놀이〉의 가벼움과 발랄함은 폭발한다.

이 놀이는 언어의 규범을 아슬아슬하게 타고 넘나들면서 말들로 어우러진 한마당을 펼쳐낸다. 이때 중요한 것은 의미 맥락이 아니라 유희가 만드는 즉흥성, 흥겨움, 재미다. 놀이는 천진무구한 아이들의 전유물인데, 특히 아이들은 말을 갖고 놀 때 즐거워한다. 아이들이 말 속에 스민 정신을 밀어내고 소리에 집중하듯이 오은은 말놀이에 열중한다.

팬파이프, 피아노, 병든 아이, 돌들, 해바라기씨, 모래알, 조개들, 별똥별 들은 저마다 제 소리를 낸다. "당신의 입술이 벌어질 때 나는 최초의 소리"에서 "틀어막은 여자의 입에서" 터져 나오는 비명까지 소리의 영역은 넓다. 이 소리들은 공기를 흔들며 흩어져 나간다. 이 소리를 붙들고 있는 것은 정신이다. 사람이 내는 소리 안에는 항상 정신이 작동한다. 소리는 정신에 지배되고, 또한 말의 내부로 완벽하게 스미며 말-소리가 융합해서 한 몸통을 이룬다.

말은 곧 그것을 발화하는 이의 정신이다. 소리가 정신으로 전환한다. 소리는 보통 말의 내부에 깃든 정신에 의해 제압된다. 이때 소리와 정신은 하나다. 애초부터 하나인데, 서로 분리된 상태로 사물들의 세계로 퍼져나간 것이다. **사람은 말-소리를 내는 순간부터 이미 혼자이면서 혼자가 아니다.** 말-소리를 통해 혼자를 넘어서서 너른 타자의 지평에 연결되는 것이다.

자, 보라. 팬파이프는 울리고 피아노의 건반들은 선율을 쏟아낸다. 돌들은 튀고, 해바라기씨는 마르며, 모래알들은 법석이고, 조개들은 기어간다. 눈물은 볼을 타고 조용히 흘러내리고, 수억 광년 떨어진 자리에서 빛나던 별똥별들은 땅으로 떨어진다. 이 모든 사물들은 움직이고, 공간을 가로지르며, 내부 질량의 변화를 꾀하면서 다양한 소리들을 내는 것이다.

이 세계는 사물들이 내는 소리들로 꽉 차 있다. 시인은 소리의 강박적 채집자처럼 이 소리들을 모으고 펼쳐놓는다. 소리들은 공기를 흔들어 파장을 만든다. 이 파장은 멀리 퍼져나가고, 소리들은 사물이 겪는 변화들을, 인생 유전과 운명의 징표들을 제 형질로 품는다. 사람은 무엇보다도 목소리를 가진 존재다. 목소리는 자신이 거기에 있다는 것을 타자에게 알리는 음성 신호다. **나, 여기 있어!** 우리는 목소리로 누군가를 호명하고, 명령하고, 부탁하고, 애소한다. 우리가 목소리로 타인과 소통할 때 이것은 나와 너 사이를 잇는 다리다.

사람은 소리의 세계에서 말의 세계로 나아간다. 존재함에서 존재자의 의미 지평으로 나아가는 것이다. 반면 동물은 말이 채 되지 못한 깍깍거리고 으르렁거리는 소리에 머물고 그것 속에 갇힌다. 동물의 소리는 말로 깨어나지 않는, 정신이 스미지 않은 질료다. 동물은 침묵하고 있는 것이 아니라 동물로 굳어진 침묵 그 자체다. 동물의 소리가 지표면에서 수평으로만 퍼져 나가는 것은 이 소리가 심연인 말로 전환되지 못해서다. 동물은 말로 나아가지 못하는 원초적인 소리 안에 갇히고 고립된다. 그렇게 침묵의 단단한 외피에 갇혀 있지만 그 외피를 벗어버리는 방법을 알지 못한다.

동물과 달리 사람의 소리는 정신의 명료성을 안고 말로 태어난다. **말들은 세상을 짓고 이루는 모든 것이다.** 사람이 거주하는 이 세계는 곧 말의 세계다. 화자는 낙오된 귀를 열어젖히고 "한없이 낯선 소리"에 귀를 기울인다. 그 귀에 울려오는 소리가 "에르호 에르호……"다. 말을 쓰며 산다는 점에서 우리는 저마다 말하는 '나'인 것이다.

철학자들은 사람이 자신에 앞서서 주어진 선험적 존재라고 말한다. 삶에 대한 의식이나 제 죽음을 미리 끌어당겨 보는 것이 그 증거다. 사람은 저보다 앞선 있음으로 태어나 살다가 죽는 존재다. 이게 가능한 것은 사람이 말을 쓰기 때문이다. **말은 사람보다 앞선다. 사람이 말을 익히기 전에 말은 이미 세상에 있었다.** 사람 안에 말은 이미 깃들어 있다. 입 밖으로 발화된 소리에 의미라는 옷이 입혀지면서 말이 탄생한다. 사람은 말을 하는 존재로 거듭나면서 무의미의 나락에서 위로 떠오른다. 이 상승은 말이 빛이라는 증거다. 빛은 가벼워 항상 위로 떠오른다. 말은 음성적인 것과 시각적인 것으로 겹쳐지는 바가 있는데, 이때 말은 가벼워서 중력의 영역에서 벗어나 빛으로 떠돈다. 말의 전체성 안에서 사람은 새롭게 그 존재 의미를 빚어낸다.

시는 말의 건축술이다. 시인은 말을 쥐락펴락하는데, 이것은 곧 세계를 쥐락펴락하는 것과 같다. 말들을 쥐락펴락하며 짓는 이것은 "풍부한 건물"이고, 더러는 "거대한 잿더미", 그리고 "위태로운 집"이다.(〈건축〉) 결국 사람은 말로 지은 집에서 살다가 말문을 닫고 저 영원한 침묵의 세계로 떠나는 존재다.

1   막스 피카르트, 《침묵의 세계》, 최승자 옮김, 까치, 2001, 123쪽
2   피카르트, 앞의 책, 123쪽
3   피카르트, 앞의 책, 41쪽
4   오은, 《우리는 분위기를 사랑해》, 문학동네, 2013
5   오은(1982~)은 전북 정읍에서 태어났다. 서울대학교 사회학과를 졸업하고, 2002년 《현대시》를 통해 등단했다. 시인은 어린 시절 날마다 국어사전을 들춰보며 마음에 드는 단어를 찾아 읽었다고 한다. 국어사전에 찾은 단어들을 정리하고 기록하는 것이 중요한 일과 중의 하나였다. 초등학교 통신표에 "글이 두서없으나 어휘력이 풍부하다."라고 적혔단다. 국어사전에 빠진 초등학생이라니! 소년 오은은 어휘력이 풍부했다. 그 재능을 기반으로 백일장에 나가 산문도 지어내며 시의 세계로 미끄러져 들어갔다. 그는 산문시를 끼적이었는데, 형이 그걸 시 잡지에 투고한 것이다. 대학 입학할 무렵 시 잡지에서 "등단했다"라는 연락을 받았는데, 그때는 '등단'이 무엇인지도 몰랐다고 한다. 시집 《호텔 타셀의 돼지들》《우리는 분위기를 사랑해》《유에서 유》 등이 있다.

정오에
오는

것들에
대하여

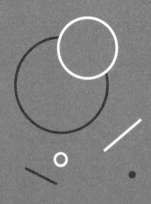

정오는 노동자의 시간이 아니라 철학자나 수도자의 시간이다. 해가 머리 한가운데 오는 시각이고, 자기 발밑에 드리워지는 그림자가 가장 짧아지는 시각이다. 노동자들은 정오의 그늘에서 휴식을 취한다. 노동은 도덕과 실용의 범주에서 이루어지고 그 주체의 윤리적 지위를 끌어올리는 행위다. 하지만 노동이라는 작은 정치학에 매몰되어 그것의 근본을 성찰하지 않는 자들이란 소인에 지나지 않는다. **작은 존재들은 늘 피로하다고 지껄인다. 아, 피로해, 피로해!** 피로에 젖는 것은 신체가 아니다. 그것은 노동의 채찍질과 굶주림에 길들여진 영혼이다.

피로는 고갈이고 집단적 발작이며 노동이 만드는 히스테리다! 피로는 필경 우리를 저 어두운 죽음 충동으로 이끈다. 우리는 노동을 하면서 애써 노동에 매몰되지 않으려고 애쓰는데, 그래야만 웃을 수 있고, 노동 너머의 삶을 사유할 수 있는 까닭이다. 행복의 형이상학을 성찰하는 철학자와 '죽음의 자서전'을 쓸 수 있는 시인만이 정오를 사유한다.

정오는 밤의 자정과 완전히 역상이다. 정오에는 세계를 뒤덮고 출렁이는 변화와 변전의 물결이 일시 정지된다. 정오란 반복의 차이를 반복하는 세계의 일시 정지다. 이 정지된 시각에 불가능한 것들이 도래한다. 그중 하나가 행복이다.

"행복은 언제나 불가능한 것의 향유다."[1]

행복은 자기가 될 수 있는 능력, 웃을 수 있는 능력이 낳는 만족감이다. 그런 맥락에서 행복은 "주체의 도래"[2] 그 이상도 이하도 아니다. 니체는 의심할 바 없이 정오를 존재하는 무한의 시간으로 끌어당겨 사유한다. 니체는 이렇게 외친다.

"좋다! 사자는 왔으며 내 아이들도 가까이에 와 있다. 짜라투스트라는 성숙해졌다. 나의 때가 온 것이다. 이것은 나의 아침이다. 나의 낮이 시작된다. 솟아올라라, 솟아올라라, 너, 위대한 정오여!"[3]

정오는 산 자들만이 맞는 위대한 시각이다. 정오의 머리 위에 펼쳐진 하늘은 "신성한 우연을 위한 무도장"이고, "신성한 주사위와 주사위 놀이를 하는 신의 탁자"로 변하기 때문이다.[4]

시인 김혜순은 어느 찰나 죽음이 들이닥치는 것을 목격하고 "죽음은 바깥으로부터 안으로 쳐들어가는 것. 안의 우주가 더 넓다./깊다. 잠시 후 너는 안에서 떠오른다."[5]라며 죽음을 고독의 블랙홀로 빨아들여 '자서전'을 완성한다. 죽음의 찰나란 달아남을 실현하는 순간이다. 자신에게서, 자기의 그림자에게서, 자기의 불행에게서 탈주하는 자, 그가 바로 죽는 자다. 죽은 자는 죽어서라도 직장으로 가야 한다. 그것이 삶의 규약이다.

"네 직장으로 향하던 길을 간다. 몸 없이 간다.//지각하기 전에 도착할 수 있을까? 살지 않은 생을 향해 간다."[6]

얼마나 많은 산-죽은 자들이 생시의 눈빛을 희번덕거리면서 몸 없이 거리를 오가는가!

한 사람이 있는 정오[7]

안미옥[8]

어항 속 물고기에도 숨을 곳이 필요하다
우리에겐 낡은 소파가 필요하다
길고 긴 골목 끝에 사람들이 앉아 있었다
작고 빛나는 흰 돌을 잃어버린 것 같았다
나는 지나가려고 했다
자신이 하는 말이 어떤 말인지도 모르는 사람이
진짜 같은 얼굴을 하고 있었다
반복이 우리를 자라게 할 수 있을까
진심을 들킬까 봐 겁을 내면서
겁을 내는 것이 진심일까 걱정하면서
구름은 구부러지고 나무는 흘러간다
구하지 않아서 받지 못하는 것이라고
나는 구할 수도 없고 원할 수도 없었다
맨손이면 부드러워질 수 있을까
나는 더 어두워졌다
어리석은 촛대와 어리석은 고독
너와 동일한 마음을 갖게 해달라고 오래 기도했지만
나는 영영 나의 마음일 수밖에 없겠지

찌르는 것
휘어감기는 것
자기 뼈를 깎는 사람의 얼굴이 밝아 보였다
나는 지나가지 못했다
무릎이 깨지더라도 다시 넘어지는 무릎
진짜 마음을 갖게 될 때까지

정오는 진리의 정점이고, 도처에 빛이 넘치는 시각이며, 따라서 그것의 황금시대는 빨리 지나간다. 감성이 예민하고 사유가 재빠른 자만이 그 시각을 눈치챌 수 있다.

정오는 아무 오류도 없는 시각, 태양 에너지가 극에 달하는 때, 생명이 생명으로 넘치는 찰나! 시인은 "나는 지나가려고 했다"와 "나는 지나가지 못했다" 사이에 있는 마음을 드러낸다. 앞의 구절은 미래를 위한 의도와 의지를 가리키고, 뒤의 구절은 현재의 시점에서 그것의 실패와 좌절을 토로한다.

시의 화자는 어떤 길을 지나가려고 하다가 끝내 실패했다고 고백한다. 그 사이에 무슨 일이 있었는가를 말하지는 않는다. 말을 생략한 채 시인은 암시적인 구절 몇 개를 덧붙인다. 다만 "작고 빛나는 흰 돌을 잃어버린 것 같았다"라고 무심히 툭, 던진다. 지나가려고 한 길이 "길고 긴 골목"이었는지도 모른다. 왜 그 골목을 지나가려고 했던 것인지는 중요하지 않다. 그 골목을 지나가려던 것, 끝내 그러지 못했다는 사실이 중요하다.

정오에는 태양이 머리 위로 오고, 폭풍 전 고요 같은 정적이 사방에 내린다. 결핍과 결여가 가장 극명하게 드러나고, 실재하는 것들에 대한 의심과 회의가 가장 크게 부푼 시간이다.

시인 폴 발레리Paul Valery는 정오를 화염이 직조하는 시각이라고 쓴다. 정오는 빛이 극점에 이르는 시각이다. 그 빛의 극점에 있을 때 어둠이 우리를 덮친다. 빛이 넘치는 정오야말로 가장 어두울 때다. 우리는 정오에 눈이 먼 듯 아무것도 보지 못한다.

그 한낮에 한 사람이 있다. 그 사람은 "자신이 하는 말이 어떤 말인지도 모르는 사람이/진짜 같은 얼굴을 하고 있"는 골목을 지나가려고 한다.

그 사람은 누구일까? 그는 갈망하고 구하는 자다. 무엇을? 무수한 갈망으로 이루어지는 삶을! "너와 동일한 마음을 갖"고, 진짜 얼굴을 갖고 사는 삶을! 과연 그게 가능할까?

시인은 불가능하다고 선언한다. 삶의 실패에 대한 예감은 너무나도 확실하다. 두 사람은 동일한 마음을 품을 수가 없다. "나는 영영 나의 마음일 수밖에 없겠지"라는 말은 긴 탄식과 함께 뱉어졌을 것이다.

그림자는 실재를 가리키고, 빛은 어둠을 품고 있다. 그것이 참이었다면 그 안에 거짓말이 있을 테고, 그것이 거짓말이었다면 그 안에 진리의 자명성이 있었을 테다. 지금까지 거짓말이 진리로 통용되고, 사람들은 그것을 그대로 의심 없이 받아들여 왔다.

이 자명한 빛의 시각, 정오는 거짓말이 거짓말임을 밝혀낸다. 과오들과 실패, 거짓말들로 짜인 삶이 한꺼번에 폭로되고 만천하에 숨겨진 진실들이 드러나는데, 이 모든 사태가 벌어진 시각이 바로 정오다.

정오는 "하나가 둘로 변하는" 찰나이고, 태양 아래 선 자의 발밑에 "가장 짧은 그림자"가 드리워지는 시각이다. 그런 근거로 니체는 "정오Mid-day, 가장 짧은 그림자의 순간, 가장 긴 오류의 끝, 인류의 천정."이라고 선언했을 것이다.

정오는 무질서와 카오스가 거치는 시각이자 어떤 필연성들이 가장 극적인 형식으로 현현하는 시각이다. 실존이란 사건이고, 사건으로서 겪는 시간 그 자체다. 그런 뜻에서 둘은 하나가 아니고 언제나 둘이다. 둘로 나뉜 사람은 한 마음을 품을 수가 없다. 사건으로 파열하고, 하나가 둘로 나뉜다. 실체와 그림자로 나뉜, 충만함과 빈곤으로 나뉜 것이 정오에 가장 극적인 방식으로 그 실체를 드러낸다.

차라리 이 모든 것을 모르고 살았을 때가 평안했다. 그랬으니 또 다른 시편에서 시인은 "매일 모르고 살겠다고 결정하였다"(〈정전〉)라고 적었을 테다. 우리는 그 결정을 반복과 번복으로 되풀이하면서 살아간다. 문제는 이 사태에도 불구하고 이 사태에서 멀리 달아나지 못하고, 말할 수 없다는 데 있다. 왜 그럴까? "진짜 마음"을 갖지 못했기 때문이다. 우리는 제 말이 어떤 말인지를 모른 채 지껄이고, 진짜 같은 얼굴을 갖고 산다.

그 가짜가 불러오는 것은 "어리석은 촛대와 어리석은 고독"이다. 한낮의 넘치는 빛 속에서 촛불을 밝힐 촛대가 필요하다. 그만큼 오랫동안 과오와 실패를 반복한 채 살아온 것이다. 그러나 단순한 반복은 아무것도 바꾸지 못한다.

차이의 반복 속에서 우리는 닳고 힘은 소진된다. 이 반복은 우리를 성장으로 이끌지 못한다. 우리는 거듭 실패하고, 또다시 실패한다. "무릎이 깨지더라도 다시 넘어지는 무릎"이 일러주는 것도 바로 그런 의미다.

이 세계에서는 언제나 다양한 힘들의 투쟁이 일어난다. 힘과 의지들이 맞부딪치며 불꽃이 튄다. 이 힘의 경연장에서 패배하는 자는 노예로 전락한다. 그런 맥락에서 지나가려고 했지만 지나가지 못했다는 고백은 아프다. 이 고백이 아픈 것은 인류가 지난 30만 년간 이 실패를 되풀이해 왔다는 것, 앞으로 370만 년 동안 이것을 반복할 수밖에 없으리라는 무시무시한 전언을 품고 있기 때문이다.

어떤 사람은 거짓을 참으로 바꾸고, 실패에서 실패를 딛고 일어나려고 시도한다. 시인에 따르면 그 사람은 "자기 뼈를 깎는 사람"이고, "무서워하면서 끝까지 걸어가는 사람"(《생일 편지》)이다. 지도 없이도 길을 가려는 사람은 "무릎이 깨지더라도 다시 넘어지는 무릎"을 가진 사람, 실패를 두려워하지 않고 실패를 승리로 바꾸려는 사람이다. 진짜 마음으로 살려는 사람은 "닫힌 입술과 닫힌 눈동자에 갇힌 사람"(《여름의 발원》)의 운명에서 기필코 벗어나야만 한다.

1 알랭 바디우,《행복의 형이상학》, 박성훈 옮김, 민음사, 2016, 86쪽
2 바디우, 앞의 책, 87쪽
3 프리드리히 니체,《짜라투스트라는 이렇게 말했다》, 최승자 옮김, 청하, 1984
4 니체, 앞의 책
5 김혜순,《죽음의 자서전》, 문학실험실, 2016, 10쪽
6 김혜순, 앞의 책, 12쪽
7 안미옥,《온》, 창비, 2017
8 안미옥(1984~)은 2012년 동아일보 신춘문예에 시가 당선되며 작품 활동
   을 시작했다. 사물과 세계에 대한 천진한 아이의 물음을 품은 첫 시집《온》
   에서 젊은 시인은 무수한 정보와 폭력 안에서 허우적거리는 '나'와 타자들
   이 어울린 풍경을 그려낸다. 세속의 삶이 어떻게 즐거운 소풍이 될 것인가
   를 궁구하면서, 또는 왜 우리의 소풍이 매번 망쳐지는가에 대해 의문을 품으
   면서. 모든 것은 '알 수 없음' 속에 놓여 있다. "사람들이 같은 방향으로 걷고
   있는데/끝까지 가려는 것인지는 알 수 없었다".(《두 번의 산책》) 기도하려고 손
   을 모았던 아이는 손을 풀었다. 그리고 "새의 얼굴을 하고 앉아/창안을 보고
   있다".(《아이에게》) 시인은 아이의 천진한 눈으로 도처에서 "새의 얼굴"을 하고
   있는 사람들을 보았다.

환대가

필요한
이유

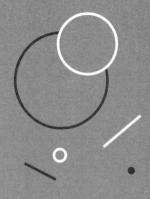

사람은 사람 사이에 있을 때 마침내 사람이다. 사람은 저 혼자 있을 때 군이 사람이 아니다. 혼자 있는 자는 짐승이고, 무감각한 바위이며, 아무것도 아닌 바람이다. 사람은 애초 태어나며 우주에서 자기가 중심인 존재다. 사람은 인지가 덜 발달할수록 더 자기가 중심인 사고와 행위를 드러낸다.

"타인을 위한 선택의 가치는 자신을 위한 선택의 가치보다 당연히 항상 덜 익숙하고 덜 자동화되어 있을 수밖에 없다."[1]

인지가 발달하면서 사람은 타인의 존재를 인식하고 내 있음이 타인과 협력하는 관계를 통해 빚어진다는 윤리적 각성에 이른다. 사람은 태어나는 순간부터 타인의 조력 없이는 살아남을 수가 없는 약한 존재다. 생애 주기 내내 타인과 사회가 규정하는 가치의 틀 안에서 정체성을 빚는 존재인 것이다.

뇌 과학자들은 사람은 사람 사이에서만 삶이 가능하다는 인식론적 깨달음과 함께 인간의 뇌가 이타성을 좇는 쪽으로 진화했다고 말한다. 인류가 이타성을 좇는 방향으로 진화한 것은 그것이 생존 이익에 보탬이 된다는 확신이 강화되었던 탓이리라. 사람은 늘 자기가 중심이고 자기를 우선하는 욕망의 존재지만 다른 한편으로 남을 더 배려하고 돕는 이타적 존재다.

에마뉘엘 레비나스Emmanuel Levinas의 '환대 철학'은 20세기

들어 끔찍한 대규모 살상과 인종 청소를 겪으면서 태동된 철학이다. 환대 철학은 생명과 그 존엄성에 대한 절대적 가치를 조건 없이 용납함을 그 핵심으로 삼는다. 쉽게 이해하자면 환대란 나를 찾는 사람에게 문을 열어주고, 남을 갈취하지 않고 그에게 살 자리를 내주는 것, 더 나아가 낯선 존재의 생명과 그 존엄성을 배려하고 관용하는 행위다. 타인을 인류 공동체의 존재로 받아들이고 품음으로써 환대는 타인을 부정하는 적대와는 대척하는 개념임을 분명하게 드러낸다.

환대는 난민, 이주 노동자, 이방인, 벌거벗은 생명들에게 베풀어야 한다. **우리는 주인이자 손님이다. 우리 삶이 일정 부분 타자에게 빚지고 있다는 점에서 우리는 잠재적 난민이고 이방인이다.** 그런 까닭에 우리는 환대가 필요한 존재이자 환대를 베푸는 존재인 것이다. 지금 우리에게 요청되는 환대는 대가를 바라지 않는 환대, 복수하지 않는 환대, 절대적인 환대다.

환대란 자비의 베풂이고, 사랑의 구체적 현전이다. 지금 여기에 필요한 것은 바로 그런 환대다. **환대가 베풀어지는 사회에서는 악의 평범성이 뿌리를 쉽게 내리지 못한다.** 구성원 모두에게 절대적 환대가 베풀어지는 사회야말로 악의 평범성을 무찌르고 세워지는 화엄 세계일 테다.

여기 환대의 의미를 곱씹어보게 하는 시가 있다. "신원을 묻지 않는, 보답을 바라지 않는, 복수하지 않는 환대"[2], 타인의 손에 제 이마를 맡기는 환대의 가장 원초적인 찰나를 붙잡아 형상화한 시가 여기에 있다.

허은실의 〈이마〉는 타인에게서 오는 환대의 뜻을 짚어보게 하는 시다. 우리가 지금까지 살아남은 것, 이렇게 멀쩡하게 살아가는 것은 타인에게서 받은 무수한 환대의 결과일 것이다. 사람은 누구나 벌거벗은 생명으로 태어난다. 누군가의 보살피는 손길, 즉 환대가 없었다면 그 벌거벗은 생명은 낳자마자 죽고 말 것이다. 낙태는 태아가 오는 것을 거부하는 행위다. 그것은 생명에의 환대를 거스르는 선택이다.

생명에의 환대는 우리 사회를 움직이는 도덕 원리의 기초이자 생명윤리의 기본적인 전제일 것이다. **우리는 무조건적인 환대로 살아남고, 지금도 살아가고 있다.**

이마[3]

허은실[4]

타인의 손에 이마를 맡기고 있을 때
나는 조금 선량해지는 것 같아
너의 양쪽 손으로 이어진
이마와 이마의 아득한 뒤편을
나는 눈을 감고 걸어가 보았다

이마의 크기가
손바닥의 크기와 비슷한 이유를
알 것 같았다

가난한 나의 이마가 부끄러워
뺨 대신 이마를 가리고 웃곤 했는데

세밑의 흰밤이었다
어둡게 앓다가 문득 일어나
벙어리처럼 울었다

내가 오른팔을 이마에 얹고

누워 있었기 때문이었다
단지 그 자세 때문이었다

〈이마〉는 우리가 받은 환대 중에서 가장 작은 경험, 그 찰나를 포착하고 그 계기적 경험을 풀어놓는다. 시의 화자는 아파서 누워 있다. '나'는 누군가의 보살핌이 필요하다. 이마에서는 열이 끓는다. 누군가가 나의 이마에 손을 얹고 열이 있는지 없는지를 통해 병의 예후를 감지해 보려고 한다.

아픈 '나'의 이마에 손을 얹는 행위는 '나'를 사랑하거나 염려하는 마음에서 비롯되었을 테다. 아픈 사람의 이마에 손을 얹는 행위는 윤리적인 것이기보다는 생명을 보살피고 염려하는 친절이나 배려에 속한다. 이것이야말로 어떤 보답이나 보상을 요구하지 않는 환대다.

곤경에 빠진 내게 환대를 베푸는 사람이 누구든, 그가 도살장에서 뼈를 발라내는 사람이든, 혹은 시장 바닥에서 생선을 가르고 잘라 파는 장사치든 상관이 없다. 오직 내게 환대를 베푸는 그 행위가 마음을 환하게 물들인다.

환대는 친절이고, 배려이며, 존중이다. 그래서 환대를 받으면 기분이 좋아진다. 시인은 환대로 말미암아 "나는 조금 선량해지는 것" 같은 느낌을 갖게 된다. 환대가 실존의 불안과 두려움을 감소시키기 때문이다.

"우리는 타인이라는 빈 곳을 더듬다가/지문이 다 닳는다"(《더듬다》)

사람은 고립된 채로 살기보다는 '나'와 좋은 관계를 맺을 타인을 갈망하는데, 그 갈망은 특히 환대를 베푸는 타인에 집중한다.

환대의 본질은 사랑함, 더 나아가 생명윤리에서 비롯된 '품음'이고, 그 실천의 형식은 가진 것을 나누는 행위다. **당신이 나의 곁으로 올 때 당신에게 기꺼이 자리를 내주는 것, 이것이 환대다.** 상대가 갈망하는 것을 베풂, 이것이 환대다. 환대는 정주민과 떠돌이, 영주권자와 난민, 주인과 손님 같은 비대칭적인 관계에서 일어난다. 환대를 베푸는 자는 이것을 받는 자를 자신과 같은 평등한 인격적 존재로 인정해야 한다. 내 자리로 다가오는 타인을 기뻐하고 환영함, 이것이 환대의 으뜸가는 전제 조건이다. 서로 적대하는 사회에서 환대는 아주 희귀한 것이거나 존재하지 않는다. 적대란 기본적으로 타인의 존재를 부정하는 행위이기 때문이다.

어쨌든 타인이 베푼 환대로 '나'의 불안과 두려움은 덜어지고, 위로를 받으면서 병을 떨치고 병상에서 일어날 희망을 품는다. 그래서 "이마와 이마의 아득한 뒤편을/나는 눈을 감고 걸어가 보"는 여유를 찾는다.

이마와 이마의 아득한 뒤편이란 상상적 공간, 즉 사람이 사람으로 인정되고, 서로를 내치거나 죽이지 않고 받아들이며 환대를 베풀며 사는 이상사회일 테다. 그런 이상사회를 잠시나마 상상하는 것만으로도 우리는 행복해질 수 있다.

시인에 따르면 이마는 가난한 것이며, 그래서 더러는 타인의 보살핌이 필요하다. 이마는 타인의 손바닥을 통해 오는 환대를 받는 자리이기도 하다. "이마의 크기가/손바닥의 크기와 비슷한 이유를/알 것 같았다"라는 구절이 에둘러 지시하는 뜻이 바로 그것이다.

시인은 자신의 생을 스치고 지나간 어느 "세밑의 흰밤"을 떠올린다. "어둡게 앓다가 문득 일어나/벙어리처럼 울었"던 그 세밑의 흰밤을. 혼자 울었던 까닭은 아파 누워 서러움이 북받쳐 올랐기 때문이다. 내가 아픈데 곁에서 돌보는 사람이 아무도 없다면 누군들 서럽지 않았을까? 아플 때만큼 타인의 보살핌이 필요할 때도 없다.

시인은 "내가 오른팔을 이마에 얹고/누워 있었기 때문"이라고 말한다. 열이 펄펄 끓는 이마에 타인의 손이 아니라 내 오른팔이 얹혀 있다. "단지 그 자세 때문"이라고. 아파 누워 있는 나를 아무도 돌보지 않은 채 방치한 것이다. 그래서 서러운 감정이 폭발해 벙어리처럼 울었던 것이다.

절대적인 환대, 베풀되 어떤 보상도 바라지 않는 순수한 환대가 없는 곳에서 고립감과 지독한 불행감에 빠진다. 이익과 손해를 따지지 않는 환대를 베풀고 환대를 받으며 살아가야 하는 까닭은 사람이 상호 평등하고, 존엄한 심연이기 때문이다. 우리는 서로 다르되 같은 존재다. 나는 곧 당신이다! 그런 까닭에 나를 사랑하듯이 타인을 환대해야 한다. 환대는 사람답게 살려는 모든 이들의 권리이자 의무다.

1 김학진, 《이타주의자의 은밀한 뇌구조》, 갈매나무, 2017, 96쪽
2 김현경, 《사람, 장소, 환대》, 문학과지성사, 2015, 242쪽
3 허은실, 《나는 잠깐 설웁다》, 문학동네, 2017
4 허은실(1975~)은 2010년 계간지 《실천문학》 신인상을 통해 등단한 시인이다. 등단하고 일곱 해 만에 첫 시집 《나는 잠깐 설웁다》를 냈다. 시인은 시골에서 자랐는가. 시집 도처에 농경문화적 정서의 흔적들이 있다. 춘궁. 낟가리, 화투점, 침, 그믐달, 개 꼬실르는 냄새, 숭어가 솟는 저녁, 매화가 피는 밤, 햇빛 끓는 흰 마당 따위들. 강원도 사투리를 시종 능숙하게 구사하는 〈침〉, "비석치기를 하다 말고/우리는 메뚜기를 잡았다/점심때 마당은 햇살이 캄캄/봉당엔 고모의 구두가 그대로였다"(〈무렵〉) 같은 시가 그렇다. 오늘날 도시에서 자라는 아이들은 비석치기를 모르고, 메뚜기 잡기의 경험이 없고, 봉당이 무엇인지도 모른다. 사람은 태어나고 자란 장소와 넓게 통섭하면서 감각적 경험을 쌓고 그 경험의 세계 안에서 제 정체성을 빚는다. 그것은 원체험으로 우리 자아에 각인되며 결국 우리가 누구인가를 규정한다.

인간은

하나의
장소다

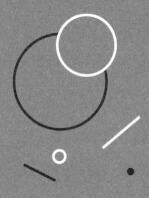

사람은 한 장소에서 태어나고 여러 장소를 헤매다가 한 장소에서 죽음을 맞는 존재다. 사람은 항상 한 장소에 있다. 이곳에 있으면서 동시에 저곳에 있을 수 없다. 이 세계는 장소들로 가득 차 있고, 사람은 장소와 불가분의 관계를 맺은 채 살아간다. 사람이 장소의 삶을 사는 한에서 우리 생은 장소라는 명판에 새겨진 것에 지나지 않는다.

장소란 건조한 바람이 부는 사막이거나 수선화로 뒤덮인 언덕이다. 또 그것을 품은 경관이며, 시공을 품은 채 현현하는 공동체의 물적 토대일 테다. 장소는 실존의 외부성으로 엄연한데, 그 엄연함은 장소마다 깃든 장소성, 장소의 분위기로써 그러한 것이다. **사람은 장소와 오감을 비비며 사는 동안 장소의 정체성을 획득한다.**

우리 모두는 어느 장소에 살면서 그 장소에 자신의 경험, 기억, 상상, 환상을 투사하면서 친밀성을 쌓는다. 그 친밀성이 주체의 내면으로 밀려 들어와 주체를 규정하는데, 이때 장소는 우리 실존이 외부와 맺는 연대, 그 심리적이고 신체적인 것의 총체다. 의미 있게 사는 것은 "의미 있는 장소로 가득 찬 세상에서 산다는 것"[1]을 뜻한다.

우리가 태어나고 자란 고향만큼 내면에 깃든 심원함으로서의 장소는 없을 것이다. 모든 고향은 지리적 개념을 넘어선 마음의 지리학에 굳건한 하나의 숙명이다. 고향의 장소성이 우리 실존의 중심을 꿰뚫으며 기억에 고착되는 탓이다.

고향이라는 장소는 '지각적 통합성perceptual unity'의 매개 공간이다. 고향을 떠난 자들은 아무리 먼 곳으로 떠나더라도 고향과 영원히 결별할 수 없다. **고향은 존재의 끊을 수 없는 탯줄과 같다.** 심리적으로 고착된 '장소 상실placelessness'이 어떤 결과를 초래하는지를 보여주는 단적인 예가 바로 '노스탤지어nostalgia: 향수병'다. 노스탤지어는 단순하게 말하자면 장소 상실에서 빚어진 질병이다.

개인과 장소가 별개의 것이 아니라는 점에서 누구나 장소의 삶을 살아낸다. **우리는 저마다의 장소에 실존의 시를 쓴다. 장소 없이는 삶도 없다는 뜻이다.** 인간의 생존이란 장소를 갖기 위한 투쟁이라고도 할 수 있겠다. 1960년대 실향민들이 서울로 올라와서 거친 고난의 역정을 떠올려 보면 이 말을 더욱 실감할 수 있으리라.

세계화globalization는 사회와 경제 영역을 지역을 넘어 세계로 넓히고, 교류와 소통을 광범위하게 하자는 것이다. 문제는 자유 무역의 규모를 키우고 자본과 노동력의 자유로운 이동을 촉진시켜 시장의 단일화를 이루는 한편, 불가피한 폐단들도 나타난다는 사실이다.

세계화는 노동자의 일자리를 불안정하게 만들고 약소국의 취약한 산업 기반을 흔들고 무너뜨린다. 무엇보다도 장소의 개별성에서 기반한 지역 문화의 다양성을 사라지게 하고, 이곳이나 저곳이나 다를 바 없게 됨으로써 결과적으로 장소 상실을 불러온다.

나는 하나의 장소다. 장소가 생생하고 역동적일 때 내 삶도 그렇다. 거꾸로 내 삶이 텅 비고 무의미한 것은 장소가 무의미하고 텅 빈 장소로 전락한 탓이다.

모든 장소가 다 의미를 품을 수는 없다. 가건물, 모델하우스, 쇼핑몰, 디즈니랜드 같은 쇼 비즈니스 따위의 상업적 요소를 중심으로 꾸며진 장소들은 무장소placeless다. 이런 곳들은 옛길, 낯익은 골목들, 정든 가옥들에 견주어 장소의 그윽한 정체성이 사라진 무장소에 가깝다. 무장소들은 판타지 랜드일 텐데, 기술공학적인 유토피아 전망과 합쳐진 타자 지향의 장소라는 점에서 발생한다. 이 장소는 "단조롭고 타락하고 무능력한 현실로부터 도피하는 장소"이자 "보장된 흥분 오락 흥미를 제공하는 유토피아"[2]다.

여기 장소에 대한 사유의 촉매가 되는 시가 있다.

경기 북부[3]

서효인[4]

고향 친구는 내가 사는 아파트에서 북한이 보이는 줄로 안다. 아파트에서 보이는 건 또 다른 아파트뿐이다. 아파트 앞에 아파트 앞에 아파트에서 아파트를 생각하며 잔다. 아파트 뒤에 아파트 뒤에 아파트에서 아파트를 생각하며 잠 못 이룬다. 내가 아는 노인은 종일 텔레비전을 보며 북한 생각을 한다. 내가 하는 생각은 텔레비전뿐이다. 드라마 다음에는 예능 다음에는 뉴스 생각을 한다. 드라마 전에 예능 전에 뉴스에서 나는 아무 생각도 없다. 북한을 비스듬히 등지고 아파트는 줄을 섰다. 나는 빨갱이도 아니요, 청년도 아니다. 나는 입주민이다. 고향 친구도 입주민이요, 아는 노인도 입주민이다. 골프 연습장의 조도와 소음은 매일 우리를 도발한다. 총 쏘는 소리 들리지만 누구도 귀를 막진 않았다. 골프장 민원은 해결되지 않았다. 도시는 슬픔에 빠졌다. 개그프로그램을 본다. 도시는 웃지 않는다. 도시는 눈부시고, 내일은 월요일이다.

서효인의 시집 《여수》는 장소들의, 장소들에 의한, 장소들을 위한 시집처럼 보인다. 여수, 곡성, 강릉, 부평, 남해, 강화, 목포, 인천, 진도, 평택, 서울, 나주, 안양, 안성, 대전, 서귀포, 구미, 분당, 파주, 익산, 마산, 영광, 압해도, 철원, 개성, 진주, 화정, 무안 같은 나라 안 도시들이 주르륵 나온다.

내 기억이 정확하다면 《여수》는 1974년에 나온 고은의 《문의 마을에 가서》 이후 가장 많은 지명을 담은 시집이다. 고은의 장소들은 창조보다 소멸에 더 기여한 한 허무주의자가 치른 방랑의 흔적을 드러낸다. 고은의 장소들에는 삶의 연고성이 깊지 않다. 그러나 서효인의 지명들은 삶의 자리, 다채로운 변전을 품은 시간이 버무려진 지리적 거점, "전율하는 삶, 웃음 짓는 죽음"(에드몽 자베스)이 한데 뒤섞인 장소들이다.

우리는 장소에서 살고 누구와 만나면서 여러 실존 사건을 겪는다. 서효인에게 '여수'는 사랑하는 여자가 사는 도시여서 사랑하게 되는 장소다. 우리는 장소라는 거점에 삶의 닻을 내려야만 삶을 꾸릴 수 있다. 거기 닻을 내린 우리를 붙잡아 더 두려는 그 장소가 족쇄가 되기도 한다. 대개는 그 장소에 귀속되는 것을 기꺼이 받아들인다.

삶이 장소에서 이루어지는 한바탕 소동이라면, 장소의 귀속에서 풀려나는 일은 죽은 뒤 무로 사라지면서 이루어지는 해방일 것이다. 죽음은 존재자가 장소에서 해방되어 무로 망명하는 유일한 방식이다. 산 자에게 장소들은 본질적으로 기억-장소들이다. 시인은 장소들을 하나씩 호명하면서 삶의 변전을 이룬 기억들도 소환한다. 《여수》가 펼치는 장소의 지리학은 기억과 정념의 중력이 작동하고, 비동시적인 것의 동시성이 펼쳐지는 자리에서 이룬 무구한 전복의 지리학이다.

이 시는 '경기 북부'에 있는 한 아파트 입주민으로 사는 사람의 장소 경험을 보여주는데, 짐작컨대 시의 화자는 대다수 고향을 떠나 사는 한국인들과 마찬가지로 탈향자의 정서를 내면화한다. 경기 북부에 들어선 아파트 대단지에서 "아파트 앞에 아파트 앞에 아파트에서 아파트를 생각하며" 잠들고, "아파트 뒤에 아파트 뒤에 아파트에서 아파트를 생각하며" 잠 못 드는 아파트 입주민이다.

아파트 입주민의 정체성은 오늘날 그다지 이채로울 것이 없는 범속함에 물든, 진부한 것들 중 하나다. 이들이 겪는 삶은 동일한 것의 반복이다. 출근과 퇴근, 가사노동, 텔레비전을 시청하는 것으로 구성된 일과다. 똑같은 형태의 아파트에서 똑같은 대형 마트에서 구입한 식품들을 먹고, 똑같은 드라마를 보고, 똑같은 예능을 보고, 똑같은 뉴스를 본다. 어떤 욕망들이 유예되거나 좌절하는 삶은 지리멸렬하다. 이 삶은 신성함이 없는 속화된 것이고, 기적이 일어나지 않는 까닭이다.

아파트 입주민은 제 삶의 자리인 장소에 대해 생각한다. 아파트가 들어선 '경기 북부'는 북한에서 가깝다. 시의 화자는 "생각"을 하는데, 생각이란 시인 에드몽 자베스Edmond Jabès에 따르면 공허를 짓뜯는 행위다. 생각은 망각에 선행하고, 망각의 여명을 뚫고 "도시는 슬픔에 빠졌다"거나 "도시는 웃지 않는다"는 또 다른 생각들로 번진다. 이 관조의 바닥에는 도시가 삶을 주조하는 자리인 동시에 삶 그 자체라는 관념이 숨어 있다.

도시-삶은 하나로 굴러간다. 앞의 두 문장은 "나는 슬픔에 빠졌다"거나 "나는 웃지 않는다"라고 바꿀 수도 있을 테다. 섬세하게 읽은 독자라면 두 문장이 교묘한 방식으로 두 개의 뜻을 중첩시키고 있음을 눈치챌 수 있으리라.

한반도의 지리학에서 경기 북부는 이념과 체제가 다른 북한과 경계를 이룬 지역이다. 그렇다고 경기 북부 아파트 대단지 너머로 북한이 보일 거라는 상상은 어처구니없다.

"고향 친구는 내가 사는 아파트에서 북한이 보이는 줄로 안다."

물론 북한은 보이지 않는다. 북한은 시계視界 저 너머, 더 먼 곳이다. 저 너머의 것은 실재가 아니라 관념이거나 아우라다. 발터 벤야민이 썼듯이 아우라는 "멂의 현상"이다. 국경 너머 북한은 지리적 가까움에 반해 가장 멂의 현상으로 뚜렷하다. 북한은 멂이라는 거리감 때문에 공허하고 부정적인 것의 아우라를 얻는다. 이 부정성의 정체는 잠재적인 위협과 파괴에 대한 두려움일 것이다. 이것이 분단된 한반도 남쪽 사람들의 의식을 짓누르고 가위눌리게 한다.

한국 사회에서 아파트는 주거 공간이면서 재산 증식의 수단이자 과시 욕구에 매개된 공간이다. 아파트 입주민이란 '같은 것'의 지옥에 부려진 자들, 무한 소비의 속도전에 내몰리고, 속화된 채로 주저앉은 자들이다. 시인의 시적 전언에 따르면 우리 삶에서 차이가 지워지며 균일화되어 간다는 것이다. 아파트 입주민으로 고만고만한 삶의 규모와 체적 속에서 우리 내면에 달라붙는 근심과 욕망의 내역을 서로 모방한다. **우리는 같은 것을 욕망하고 닮은 삶을 산다.**

아파트 입주민들은 근처 골프 연습장의 빛과 소음 공해에 시달리며 민원을 넣는다. 한 사람의 고통은 만인의 고통이다. 개별자의 의식과 생활이 균일화하는 세계에서 우리는 아토포스적인 다름이 사라진 동일한 것의 지옥에 이른다. 대단위 아파트들은 동일한 것의 지옥을 전시하는 진열장이나 다름없다. 우리는 이곳에서 저마다 의미를 일궈내는 생을 꿈꾸지만 꿈들은 사산하고, 삶은 너무 쉽게 악몽으로 변질되고 만다.

장소의 기억과 기억의 장소는 하나다. 장소들은 시간—과거, 현재, 미래—을 꿰뚫는다. 우리가 장소를 가로지르는 게 아니라 실은 장소가 우리 실존의 한가운데를 가로질러 간다. 앞선 자들에 견주자면 우리는 이 장소들에 가장 늦게 도착한 자들이다.

장소가 실존의 싸움터라면 우리는 현존과 부재 사이에서 이 싸움을 치른다. 이 싸움을 치르다가 결국은 죽음으로써 우리보다 늦게 오는 이들에게 장소를 양보한다. **우리는 장소를 산다고 생각하지만 실은 장소가 우리 삶과 의식을 거쳐 지나간다.** 장소는 칙칙한 삶과 기억을 품은 거점임과 동시에 찬란한 죽음들이 탄생하는 자리들이다.

1   에드워드 렐프, 《장소와 장소상실》, 김덕현·김현주·심승희 옮김, 논형, 2005, 25쪽
2   렐프, 앞의 책, 215쪽
3   서효인, 《여수》, 문학과지성사, 2017
4   서효인(1981~)은 전남 목포에서 태어났다. 1981년은 목요일로 시작하는 평년이다. 그해 전두환이 대통령에 취임하고, 해외여행 자유화 시대가 열린다. 미국에서 중성자탄이 처음으로 생산되고, 최초의 우주왕복선 컬럼비아호가 발사되었다. 그해는 서울, 부산, 대구, 인천, 광주, 대전을 연고지로 한 여섯 개의 프로야구 팀으로 꾸려진 프로야구가 시작된 원년이기도 하다. 그해에 태어난 사람은 자라서 무엇이 될까? 그는 시인이 되었다. 광주에서 성장했기에 정체성에는 '광주'가 각인되고, 광주를 연고지로 삼은 해태타이거즈를 응원하는 소년으로 성장한다. '광주'라는 장소, '해태타이거즈'가 함의한 정치성은 서효인의 정신세계를 이루는 한 요소일 테다. 서효인은 2006년 계간지 《시인세계》로 등단하고, 김수영문학상을 받았다. 시집으로 《소년 파르티잔 행동 지침》《백 년 동안의 세계대전》《여수》 등을 펴냈다.

사랑은
연극적

감정의
연출일 뿐

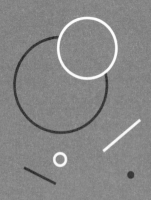

첫사랑을 짝사랑으로 겪는 이는 드물지 않다. 나 역시 그랬다. 나는 안경을 쓴 야무진 인상의 동네 동급생 여자아이를 좋아했다. 나는 왜 그 새침한 여자아이를 보면 그토록 설레고 떨렸을까. 우리는 등하굣길에 가끔 마주쳤는데, 그때마다 나는 부끄러움으로 얼굴이 빨개져서 애써 외면하고 걸음을 재촉했다. 그 여자아이에게 "너를 사랑해."라고 말하지 못했다. 그런 고백을 한다는 건 상상조차 할 수 없었다. 사랑한다고 말하지 않은 사랑은 사랑이 아니다. 나는 첫사랑이 영혼의 특별한 파동임을 미처 깨닫지 못했기에 사랑한다고 말하지 못했다. 사랑한다고 말하지 못했기에 그 사랑은 실존의 미수 사건이다.

어쩌면 첫사랑은 과도한 흥분과 설렘, 기대와 실망을 동반하는 영혼의 맹목적 지향이다. 사랑하는 대상이 이상형이라서가 아니다. 사랑은 뜻밖에도 극적인 사건이 아니라 찰나의 충동에서 일어나는 존재 사건이다.

롤랑 바르트Roland Barthes는 《사랑의 담론》에서 사랑이 정형화된 가식 행위의 연속이라고 말한다. 나만의 특별한 사랑이 멜로드라마와 판박이인 것은 그런 까닭이다. 사랑이 다른 사랑의 상투적인 모방이고, 감정의 분식인 것은 그것이 연극적인 감정의 연출을 동반하는 탓이다. 사랑은 일렁이는 감정 상태에서 대상을 이상화하는 것으로 시작한다. 비이성적이고 불안정한 감정 속에서 대상의 이상화가 일어난다. 사람은 다 자기 사랑은 특별하다고 믿지만 사실은 착시 효과일 뿐이다.

두 조각[1]

김소형[2]

같이 잠들었다
내가 여름을 말하면 너는 바다를

그런 날이면 새벽에 금빛 바다가
펼쳐져 있었다

포말이 무엇인지도 몰라서
커다란 문어가 내뿜는 숨을 상상하며
파도를 기억했다

같이 배가 고팠다
꿈에서도 그래야 하는 줄 알았다

슬픔이 속삭였지만
모른 척 눈을 감았다

우리는 믿지 않지만
사랑은 믿었다

조각을 비춘 그림자는
천천히 천천히
머리부터 녹고 있었다

사랑은 한없이 지체되는 기다림이다. 긴 기다림에서 사랑이 빚어지고 무르익는다. 기다림의 본질은 기대의 좌절과 만남의 지연이다. 사실을 말하자면, 사랑해서 기다리는 것이 아니라 기다리면서 사랑이 발아하고 커진다는 점이다.

감정의 혼란 속에서 탄생한 사랑은 늘 불가능한 것을 꿈꾸고, 망상을 현실로 오해하게 이끈다. 사랑에 빠진 이가 얼마간 얼이 빠져 있거나 바보인 듯 보이는 것은 그런 까닭에서다. 명석한 이성으로는 사랑을 빚지 못한다. 사랑은 가능과 불가능, 무한과 유한 사이를 오가며 발아된다. 가벼운 뇌진탕이나 정신줄을 놓아버린 듯한 어리둥절함 속에서 하나의 갈망이 응집되어 타오르는 것, 그것이 사랑이다.

자, 여기 사랑이 있다. 이 시는 사랑에 관한 시인가? 그럴지도 모른다. 존재의 분리를 노래하고 있으니, 어쩌면 이별의 시일지도 모른다. 여기서 '두 조각'은 빵 조각, 천 조각, 돌 조각같이 애초 하나였다가 둘로 분리되고 나뉜 것이다.

사랑하는 사람도 하나였다가 이별하면 둘로 나뉘어 두 조각이 된다. 둘은 사랑했을까? 아마 그랬을 것이다. 두 사람은 같이 잠들었다가 깨어나고, 같이 밥을 먹고 난 뒤 다시 배고픈 경험을 공유한다. 경험의 공유는 사랑하는 이들 사이에서 드문 일이 아니다. 사랑하는 이들은 무엇이든 함께 하려고 한다. "우리는 믿지 않지만/사랑은 믿었다"라는 구절에 비추어 보자면 둘은 사랑하지만 이 사랑은 오래가지 못한 듯하다.

사람은 무한과 찰나 사이에 존재한다. 그 둘 사이에서 영원을 꿈꾼다. 유한한 존재인 인간에게 영원은 가망 없는 꿈이다. 하지만 사랑에 빠져 있을 때는 그 영원 가까이 다가갈 수 있다. 사랑은 불가능성을 가능성으로 바꾸는 기적을 일으킨다. **어떤 사랑도 영원하지 않지만 사랑은 찰나로 영원을 가로지르는 체험이다.** 여기에 사랑의 미스터리, 사랑의 수수께끼가 숨어 있다. 대개는 사랑을 모른 채 사랑을 한다. 사랑을 모르는 것은 그것이 투명한 일이 아닌 탓이다. 사랑은 불투명하고, 자주 '무엇인지도 모름'이다. 사랑은 날마다 일어나는 기적이 아니고, 어쩌다, 우연히, 뜻밖에 나타나는 기적이다. 그런 까닭에 누구의 사랑도 일반화할 수가 없다. 모든 사랑은 희한하고 신기하며 전대미문인 사건이다. 사랑은 비관습적 열정이고, 열정의 과잉에 휩싸이는 일이다. 과잉이 없다면 사랑은 발화되지 않는다. 사랑이 깨어지는 것도 지속되는 것도 말로 다 설명할 수 없는 과잉 때문이다.

첫 연의 "내가 여름을 말하면 너는 바다를"이라는 구절은 미완의 문장이다. 생략된 부분은 "보여준다"였을 테다. 사랑은 상대의 갈망에 대해 응답하는 일인 까닭에 그런 유추가 가능하다. 여름은 바다와 가장 어울리는 짝이다. 사랑이 상대의 갈망에 응답하는 구체적인 양상은 이어지는 연에서 "새벽에 금빛 바다"로 드러난다. 첫 연에서 제시된 미완의 문장을 완성하면 "내가 여름을 말하면 너는 새벽에 금빛 바다를 펼쳐 보여준다"가 되겠지만 시인은 문장을 둘로 분절해서 두 연에 걸쳐 펼쳐낸다. 연과 연 사이에는 어떤 휴지, 단절, 숨 고르기가 있는데, 이것은 사랑이 쉽지 않음에 대한 암시다.

사랑의 비극을 아프로디테의 신화만큼 잘 보여준 예를 찾아보기는 힘들다. 아프로디테는 피투성이로 죽은 애인 아도니스를 안은 채 가슴을 치고 제 머리카락을 쥐어뜯는다.

"그래, 운명의 여신들이 승리했다. 그러나 나는 운명의 여신들에게 완전한 승리는 주지 않으리라. 나의 아도니스여, 그대의 죽음과 내 탄식을 해마다 새로워지게 하리라. 그대가 흘린 피는 꽃으로 피어나리라. 이로써 내가 위안을 얻는대서, 누가 나를 시기할 수 있을 것인가!"

아프로디테가 아도니스가 흘린 피에 신의 술을 뿌리자 연못에 거품이 인다. 그리고 이 거품들이 핏빛 꽃으로 피어나는 찰나 바람이 쓸어간다. 아프로디테는 사랑의 신이자 거품의 여신이다. 그녀는 물결의 거품, 엷은 구름, 달, 가볍게 흐르는 바람, 나부끼는 눈, 교교한 광채, 그늘진 대지, 뱃머리를 감싸는 수신水神의 딸, 바닷물에서 솟아 날아오르는 물고기다. 우리 가슴에 사랑의 불씨를 심는 것도 이 여신이다. 사랑에 빠질 때 우리는 사랑하는 이에 속하고, 영원히 그러할 것이다. 사랑의 여신이 거품의 여신이라는 사실을 기억하자. 그래서 사랑은 피었다가 이내 지고, 바람에 일어났다가 쉬이 사라지는 거품같이 덧없다.

사랑에 빠진 자는 사랑의 종말을 받아들이지 않는다. "슬픔이 속삭였지만/모른 척 눈을 감았다"라는 구절이 그 점을 암시한다. 하나가 깨져 두 조각으로 나뉘면 그 둘은 다른 궤도를 그리며 나아간다. 사랑하는 이들은 "불타는 날개를 펼치고" 사라지는 새들이고, 내 곁을 떠나는 당신은 "불사르는, 맞아, 당신은 검은 새"(〈4〉)다. 남은 조각은 사라진 다른 조각이 비추는 그림자에 잠긴다. "머리부터 녹고 있"는 그림자. 그림자는 천천히 사라진다. 녹아 사라진다는 것은 망각되는 사실에 대한 암시일 테다. 사랑의 종말은 망각이고, 망각으로써 관계의 죽음은 완성된다.

〈두 조각〉은 아프로디테의 꽃으로 피어난 거품들이 그렇듯이 덧없이 끝나는 사랑에서 빚어진 슬픈 노래다. 사랑이 꽃이라면 이 꽃은 빨리 져서 덧없다. 사랑은 단 하나의 예외도 없이 "활짝 열린/죽음을 향해" 날아가기 때문이다.(〈흑백〉)

시인은 이 덧없는 사랑의 종말을, 사랑이 죽은 세상의 끔찍함을 증언하고자 한다. 사랑의 불꽃이 꺼져버린 뒤 사랑은 거품에서 피어났다가 거품으로 사라진다. 그래서 "그저 당신과 하루만 늙고 싶었던" 욕망도 사라지고, "빛이 주검이 되어 가라앉는 숲에서/나만 당신을 울리고 울고 싶었습니다"란 꿈도 덧없어진다.(《스ㅜㅍ》) 사랑을 잃은 자들은 추워서 모였다가 죽은 자들에 지나지 않는다. 가엾어라! 죽은 자는 없는 발로 "검은 해변"을 떠돌고 "당신이 몸을 던지는 소리/진종일 들으며 잠"들 뿐이다.(《아홉 장의 밤》) 사랑이 죽어서 "거대한 무덤"이거나 "얼음 수용소"가 되어버린 이 세상에서 우리는 "산산조각 난 채로" 죽어서 빗방울로 떨어진다.

---

1   김소형, 《스ㅜㅍ》, 문학과지성사, 2015

2   김소형(1984~)은 2010년 계간지 《작가세계》 신인상을 통해 등단했다. 2015년 첫 시집 《스ㅜㅍ》이 나왔다. "불이여, 멈추지 말고 연주해다오"(《오케스트라》)라고 노래하는 시인, "불불은 건물을 보며/사랑한다, 안 한다./중얼"거리는(《연소》) 시인이다. 과연 이 세상은 사랑의 불꽃이 연소되면서 내는 빛과 열로 따뜻하게 빛나는 곳이다. 허나 불꽃들이 다 꺼지고 나면 차디찬 재와 어둠이 들어찬다. 사랑이 사라지면? 남는 것은 밤과 시체들이다. "방바닥에선 이빨이 솟아나고/시체들은 옷걸이에 걸려 쓰러지는 밤"(《아홉 장의 밤》)이 오고, 이 세상은 "저지대 속 시체를 품고/멸망한 도시"(《신성한 도시》)로 변해버린다. 김소형은 사랑의 불꽃들이 다 연소하고 사라진 자리에서 혀가 뽑히고, 발 없는 발로 검은 해변을 헤매 다니며 "불이여, 제발 연주해다오/제발"(《오케스트라》)이라고 노래한다.

먼
훗날

나무가
되어요

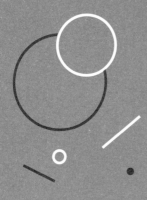

빛의 은총이 가득한 누리의 풍경을 응시하는 자는 풍경으로 육화된 생을 바라보는 자다. 삶이 여러 겹의 경험으로 만들어지듯 풍경은 장소와 시간의 겹으로 이루어진다.

풍경은 일조량과 계절에 따라 변화하는데, 같은 풍경이라도 동틀 녘의 풍경과 해 질 녘의 풍경은 얼마나 다른가! 풍경은 그것을 바라보는 자의 시간과 감정이 겹쳐지면서 무수한 풍경으로 변전을 거듭한다.

땅과 바위와 나무들같이 움직이지 않는 고형물들도 변화의 흐름에서 비켜서지 못한다. 땅은 얼었다 녹으며 달라지고, 바위 표면은 미세하게나마 비바람에 깎여 닳아지며, 나무들도 계절을 넘기면서 제 안의 생장점과 나이테를 늘려간다. 작년의 흙은 올해의 흙과 다르고, 작년의 바위는 올해의 바위가 아니다. 작년의 나무도 올해의 나무와는 당연히 다르다. 풍경이 한눈에 들어온다고 풍경 이면까지 다 볼 수는 없다. 풍경은 제 표면의 심연이다.

수종사 뒤곁에서[1]

공광규[2]

신갈나무 그늘 아래서 생강나무와 단풍나무 사이로
멀리서 오는 작은 강물과
작은 강물이 만나 흘러가는 큰 강물을 바라보았어요
서로 알 수 없는 곳에서 와서
몸을 합쳐 알 수 없는 곳으로 흘러가는 강물에
지나온 삶을 풀어놓다가
그만 똑! 똑! 나뭇잎에 눈물을 떨어뜨리고 말았지요
눈물에 반짝이며 가슴을 적시는 나뭇잎
눈물을 사랑해야지 눈물을 사랑해야지 다짐하며
수종사 뒤곁을 내려오는데
누군가 부르는 것 같아서 뒤돌아보니
나무 밑동에 단정히 기대고 있는 시든 꽃다발
우리는 수목장한 나무 그늘에 앉아 있었던 거였지요
먼 훗날 우리도 이곳으로 와서 나무가 되어요
나무그늘 아래서 누구라도 강물을 바라보게 해요
매일매일 강에 내리는 노을을 바라보고
해마다 푸른 잎에서 붉은 잎으로 지는 그늘이 되어
한번 흘러가면 돌아오지 않는 삶을 바라보게 해요

누군가 수종사 뒤꼍에서 멀리 내다보이는 두물머리 풍경을 바라본다. 수종사는 높은 곳에 있는 절이고, 두물머리는 평평한 들에서 넓어지는 물이니 지대가 낮다. 시인은 신갈나무 그늘 아래서 생강나무와 단풍나무 사이로 멀리 낮은 지대의 물을 조망한다. 거기서 작은 강물이 합쳐져 큰 강물을 이루는 것을 바라보며, 물들이 "서로 알 수 없는 곳에서 와서/몸을 합쳐 알 수 없는 곳으로 흘러"간다고 쓴다. 작은 물길들이 큰 물길에 닿아 저를 포기하고 큰 물길에 투항하듯 합수하는데, 여기에 이르러 물은 격류 없이 잔잔해진다.

시인은 여러 곳에서 흘러온 물들이 합종연횡하면서 넓은 물을 이루는 두물머리 풍경에 제 삶을 겹쳐본다. 사람도 알 수 없는 곳에서 와서 큰 세상을 이루며 살아가는 존재가 아닌가! 시간은 선조적으로 움직이는 한 흐름이지만, 그 차원은 여럿이다. 우선 시간은 세 차원이다. 아시다시피 과거, 현재, 미래다.

"우리는 크고 작은 우연한 사건을 과거에, 걱정과 욕망은 현재에 저장한다. 그리고 미래는 희망과 의지만을 담는 순결한 그릇이다."[3]

시간은 살아 있는 것에게 열려 있고, 유기체로 스며서 그 몸통의 일부를 이룬다. 사람이 겪는 성장과 노화도 시간의 흐름에서 겪는 생물학적 사건이다. 시간의 조망 속에서만 삶은 그 의미를 드러낸다. 물은 흐르면서 앞으로 나아간다. 인생 역시 쉼 없이 흔들리면서 나아간다. 유년기가 샘이라면, 청년기와 장년기는 세계를 가로지르며 나아가는 강줄기고, 노년기는 강물이 하구를 벗어나 만나는 무한의 시간을 안고 출렁이는 바다다. 시인은 작은 물들이 합쳐져 큰물을 이루는 풍경에서 인생을 꿰어본다. 물줄기들이 긴 여정 끝에 당도하는 바다는 인생의 최종 기착지인 죽음의 은유로 적당하다.

시인은 수종사 뒤꼍을 떠나면서 앉았던 자리가 수목장한 나무 그늘임을 뒤늦게 깨닫는다. 나무 밑동에는 누군가 두고 간 시든 꽃다발이 있다. 피어난 꽃은 시들고 사람은 죽는다. 그 시든 꽃다발이 놓인 나무 그늘이 누군가가 수목장을 치르고 영원한 안식에 든 자리라는 뒤늦은 깨달음이라니! 삶의 자리는 곧 죽음의 자리인 것이다! 그 깨달음 뒤에 언젠가 이곳으로 돌아와 나무가 되어 강물을 바라보자는 다짐이 새겨진다.

시인의 자리는 지형학적 은유에 따르면 장년의 언덕이다. 장년은 출발과 시작의 때가 아니라 원숙해진 지혜로 깊어지고 인생을 매조지하는 때다. 강물은 흘러서 흐름이 다한 바다로 나아간다. 강물은 시간의 지속을, 그 지속에서 일어나는 사건들의 연속을 환기한다. 두말할 것 없이 사람은 시간을 쓰고, 보내고, 죽이는 존재다. 사람은 시간의 정복자인가? 진실을 말하자면, **사람은 시간의 정복자가 아니라 흘러가는 시간에 안과 밖으로 포박되어 있는 존재일 따름이다.**

우리는 안다. 한번 흘러간 것은 다시 돌아오지 않는 것임을,

물도 생명도 가면 다시 돌아오지 않는 것임을. 이미 초원의 장례 방식인 평토장을 보면서 "이곳에서는 죽음도/자연이 박아넣는 은입사구름 문양 공예품이다"(《죽음의 문양》)라고 쓰는데, 죽음의 문양에 대한 이 관찰은 매우 담담하다. 이 담담함 속에서 시인의 존재론적 숙고는 한층 깊어간다.

이 시는 생의 높이(수종사)에서 죽음의 낮은 지대(두물머리)를 바라보는 구도를 취하는데, 시의 핵심 전언이 죽음에 대한 그윽한 바라봄이고, 받아들임이라는 것을 암시한다. 죽음은 생의 단절이 아니라 돌연한 완성이다. 죽음으로써 생의 일회성은 확연해진다. 시인은 반복되지 않음으로 인해 덧없고 슬프며 애틋해지는 인생을 노래한다.

1 공광규, 《담장을 허물다》, 창비, 2013
2 공광규(1960~)는 서울에서 태어났다. 충남 청양을 고향으로 둔 시인의 눈길은 "소주를 주유하고/안주접시를 바퀴로 갈아 끼우고/술국에 수저를 넣어 함께 노를 젓고/젓가락을 돛대로 세워 핏대를 올려도 제자리인 인생"(《낙원동》)에 머문다. 발버둥 쳐도 가난을 면치 못한 채 제자리를 맴도는 인생, 음주와 노동이 한 쌍일 수밖에 없는 서민들의 인생이다. 시인은 서민의 생과 식솔들의 안부를 두루 섬긴다. 그의 느낌과 감정은 고향, 가족, 죽음 따위에 들러붙어 바글거린다. 그의 감성과 상상력은 이 고색창연한 것들에 예민하게 반응한다. 나이 들어 찾은 고향집은 "먼지와 벌레가 주인이 되어버린 빈집"(《백운모텔》)이다. 이 빈집에서 쓸쓸해진 것은 혼자 사는 이혼한 여동생 생각과 더불어 "젊은 나이에 병들어 울면서 돌아가신 아버지도 생각나고/늙어서 불경을 외우다 돌아가신 어머니" 생각에 목이 멘 까닭이다.(《백운모텔》) 1986년 월간 《동서문학》으로 등단하고, 시집 《대학일기》《지독한 불륜》 등을 펴냈다.
3 로버트 그루딘, 《당신의 시간을 위한 철학》, 오숙은 옮김, 경당, 2015, 55쪽

우산은
동그랗게 휜

척추들을
깨우고

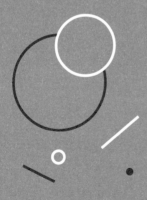

갑자기 후두두 빗방울이 떨어지면 거리에 우산 꽃들이 피어난다. 비는 머리를 적시고 새로 입고 나온 옷과 신발을 적신다. 또 비포장도로에 웅덩이를 만들고, 길게 내리는 비는 심약한 자를 우울증에 빠뜨린다. 폭우는 길을 끊고, 산사태를 초래하기도 할 테다. 홍수로 강물이 범람해서 농지를 뒤덮고, 저지대의 집과 마을은 침수되고야 만다. 비는 자연에게 생명의 풍요를 주는 선물이지만 어떤 이들은 비를 귀찮아한다. 비 내리는 궂은 날씨에는 야외 행사들이 대거 취소된다. 사람은 살면서 불가피하게 비뿐만 아니라 다양한 날씨의 영향을 받는다. 윌리엄 포크너William Faulkner는 작중 인물의 입을 빌려 "인간은 자신이 경험하는 기후의 총합"이라고도 말한다. 날씨에 따라 인간의 감정은 요동치고, 기후는 우리도 모르게 우리 인생에 끼어들면서 그것의 한 모서리를 빚는다.

장마가 끝나면 우산은 창고나 신발장에 처박아 놓고, 이 무릎도 심장도 대뇌도 없는 것을 금세 잊는다. 가을날엔 대개 우산이 필요 없는 쾌청한 날씨가 이어진다. 하늘은 푸르고 대기가 건조해지면 우산이 필요 없는 날들이 이어지는 동안 우산은 까마득하게 잊히는 것이다. 우산은 눈앞에서 치워졌고, 그렇게 사라진 우산 따위를 애써 기억해 내는 일도 없다. 우산은 우리의 작은 필요에 부응하려고 나온 하찮은 도구-사물에 지나지 않는다. 우산의 유용함은 거의 주목받지 않는다. 그것은 오직 비가 올 때만 필요한 사물인 것이다. 무엇보다도 우산은 작은 지붕이고, 비라는 재난을 모면하게 해주는 피난처다. 비정한 은행가들은 날씨가 쾌청할 때 우산을 빌려주고, 비 올 때 우산을 회수해 간다. 그 사실을 뻔히 알면서 우리는 번번이 당한다. 나는 비가 우산을 발명한 게 아니라 우산이 비를 발명했다고 믿는 사람이다.

물자가 귀한 시절 우산은 소중한 물건으로 간수되었지만 물자가 흔해진 요즘엔 천덕꾸러기 신세다. 우산은 쉽게 잃어버리고, 더러는 귀찮아서 버려지는 물건이다. 편의점에서 산 중국산 우산은 한 번 쓰고 버려도 그만인 물건이지만 그렇다고 우산이 유용한 물건이라는 사실이 변하지는 않는다.

인류는 언제부터 우산을 만들어 썼을까? 이 "휴대용 지붕", "자신만의 하늘", "이동식 피난처"[1]인 우산을 처음 만든 이는 누구일까? 찾아보니, 우산은 4세기경 중국인들이 처음 만들어 썼다. 대나무 바퀴살에 기름 먹인 종이를 입혀 만든 게 우산의 원형이다. 인도에서는 왕의 수행단이 열세 개의 우산을 만들어 썼다는 기록이 있다. 또한 우산은 초기 불교의 상징물 중 하나로, 고해와 고통으로부터의 피난처를 뜻했다고 한다.[2] 17세기까지 영국이나 프랑스에 우산이 알려지지 않았다는 점은 믿기 힘들다. 중세 이후 베네치아 총독은 수행원들이 드리워준 우산 그늘 아래로 걸었다. 'umbrella(우산)'라는 단어의 어원이 이탈리아어 'umbra(그늘)'라는 것은 그런 사정을 반영한 것이리라.[3] 어쨌든 비와 우산은 책상과 의자처럼 영혼의 단짝일 테다.

우산[4]

우산은 너무 오랜 시간은 기다리지 못한다
이따금 한번씩은 비를 맞아야
동그랗게 휜 척추들을 깨우고, 주름을 펼 수 있다
우산은 많은 날들을 집 안 구석에서 기다리며 보낸다
눈을 감고, 기다리는 데 마음을 기울인다

벽에 매달린 우산은, 많은 비들을 기억한다
머리꼭지에서부터 등줄기, 온몸 구석구석 핥아주던
수많은 비의 혀들, 비의 투명한 율동을 기억한다
벽에 매달려 온몸을 접은 채,
그 많은 비들을 추억하며

그러나 우산은, 너무 오랜 시간은 기다리지 못한다

어느 날 우산을 펴고 그 구조를 꼼꼼하게 뜯어보았다. 이 단순한 것의 정교한 구조에 감탄하며, 한 철학자와 같은 결론에 도달한다.

"관절이 모두 작동하는 모습과 천이 정확히 잡아당겨지는 모습, 가느다란 철제 구조물이 화관처럼 벌어지는 모습을 주의 깊게 관찰해 보면 우산이 펼쳐지는 모습은, 거의 알려지지 않았지만, 소위 온대 지역 전 주민에게 대번에 가장 교육적인 장면을 연출한다."[6]

우산이 동그랗게 만 척추를 펴고, 천 조각의 주름을 펼칠 때 우리는 놀란다. 우산은 아무 때나 펼칠 수 있는 게 아니다. 비가 올 때에야 "동그랗게 휜 척추들"을 펼 수 있다. 비가 오지 않는 철에 우산은 벽에 매달리거나 구석에서 방치된 채로 비의 기억들을 반추할 뿐이다.

이 시는 우산에 대한 시라기보다는 기다림과 기억에 관한 시다. 대학을 졸업한 조카가 새 직장을 구하는데, 취직의 벽이 드높아서 막막한 처지다. 그의 처지는 비 오지 않는 계절 벽에 매달려 있는 우산의 운명과 겹쳐진다. 그가 초조하고 불안에 빠지는 것은 느슨한 기다림이 삶을 불안정하고 불확실하게 만드는 까닭이다. 실직 뒤 여러 회사에 이력서를 제출하고 그 회사들이 연락 주기를 초조하게 기다린다. 실직자란 용도 폐기된 사물들과 마찬가지로 현실에서 쓸모를 잃은 잉여 집단이다. 제철의 쓰임을 위해 벽에 매달린 우산처럼 기다림의 하염없음에서 존재는 공회전을 한다. 기다림은 지루함으로 직조되는데, 그 이유는 기다리는 자의 시간이 더디 흐르는 까닭이다.

기다리는 자들은 기다림의 시간에 유폐당한 자다. 사람들은 기다림이 길어질 때 제가 받은 처우가 부당하다고 느낀다. 누군가 해야 할 일을 하지 않음으로 기다림은 한없이 늘어진다. 기다리는 자들은 정체되는 시간 속에서 취약하고 무력한 상태로 방치된다. 기다림이 괴로운 까닭은 중요한 삶의 자원인 시간을 갉아먹기 때문이다.

"대기한다는 것, 희망도 예측도 확증도 없이 기다린다는 것. 기다림의 폐기와도 같은 끝없는 기다림 가운데 어느새 남他이 불현듯 찾아온다는 것은 과연 어떤 사태일까. 기다림은 결국 기다림을 당하는 자를 향한 끝없는 종속일 수밖에 없는 것일까."[7]

기다림이 괴로운 까닭은 그것이 "기다림을 당하는 자를 향하는 끝없는 종속"이고 중요한 삶의 자원을 갉아먹는 일이기 때문이다. 시인은 우산이 너무 오랜 시간은 기다리지 못한다고 한다. 결국 기다림이 우산을 낡고 못 쓰게 만들 테니까. 기다림이란 헐벗음을 초래하는 일이다. 얼마나 많은 이들이 벽에 걸린 채 잊힌 검은 우산처럼 이러저러한 이유들로 외진 곳에서 기다림이라는 형벌을 받고 있는 걸까? 시인은 기다림에 대해 이렇게 쓴 바 있다.

"기다리는 일은/허공을 손톱으로 조심조심 긁는 일/어디까지 파였는지/상처가 깊은지/가늠할 수도 없이"(《환청》)[8]

기다림은 고통스럽지만, 그 무위와 수동성이 항상 뜻 없는 것만은 아니다. 기다림의 속성들, 즉 단조로움, 초조함, 지루함을 평정심으로 누르고 역동의 찰나로 바꿀 수 있는 방법이 있을까? 명상과 인내심은 기다리는 재능을 키우고, 기다림을 역동화한다. **기다림이라는 넓은 천에 명상과 인내심이라 수를 놓으라. 합당한 기다림은 늘 합당한 보상을 받는다. 가장 좋은 시절은 가장 늦게 오는 법이니까.**

우산은 간단한 방식으로 머리 위에 지붕을 만든다. 우리는 지붕 아래서 비, 우박, 눈 따위를 피한다. 지붕 아래 공간은 불순한 기후를 피해 숨는 임시 피난처다. 우산도 우리의 필요에 대응하는 작은 피난처인 셈이다. 사실 우산은 미학적으로 매우 놀라운 도구-사물이다. 작게 접힌 척추를 늘이며 화관花冠처럼 활짝 펼치는 우산은 한 송이 꽃에 견줄 수 있다. 그러나 비 오지 않은 날들의 우산이란 얼마나 처치 곤란한가! 그때 우산은 존재 가치를 증명해 보일 수 없는 아무것도 아님이다. 용도가 폐기된 채 벽에 걸린 검은 우산은 이미 우리 삶에 깊이 개입하고 있다. 우산이 어떤 방식으로 삶에 개입하는지를 보라.

우산은 온몸을 접은 채 제 몸을 두드렸던 빗방울을 추억한다. 시인은 우산이 "머리꼭지에서부터 등줄기, 온몸 구석구석

핥아주던/수많은 비의 혀들, 비의 투명한 율동을" 기억한다고 쓴다. 삶이 기억과 추억을 겹쳐 쌓으며 만들어진 것임을 떠올린다면 우산이 기여하는 바는 실로 크다. 지난여름 갑자기 쏟아진 빗속에서 우리는 우산이 만든 피난처로 안전하게 숨을 수 있었다. 이 사물은 우리에게 아무것도 요구하지 않은 채 휴대용 지붕을 만들어주고, 그 안에서 삶을 발명해 낼 수 있는 기회를 준다. **아, 까맣게 잊었구나, 인류가 우산을 발명한 것이 아니라 우산이 우리 삶을 발명한다는 사실을!**

1 로제 폴 드루아, 《사물들과 함께 하는 51가지 철학 체험》, 이나무 옮김, 이숲, 2014, 187쪽

2 제시카 커윈 젱킨스, 《세상의 모든 우아함에 대하여》, 임경아 옮김, 루비박스, 2011, 246쪽

3 젱킨스, 앞의 책, 246쪽

4 박연준, 《속눈썹이 지르는 비명》, 창비, 2007

5 박연준(1980~)은 서울에서 태어났다. 2004년 중앙일보 신인문학상으로 등단했다. 시집 《속눈썹이 지르는 비명》《아버지는 나를 처제, 하고 불렀다》 등과 산문집 《소란》이 있다. 시인은 "꽃을 사육하는 아버지"와 "검은 복면을 쓴 엄마" 사이에서 태어났다. "사람들이 나의 탄생을 나무라고 있어요"(《나의 탄생 2》)라는 고백에 따르면 '나의 탄생'은 자랑스럽거나 축복받은, 혹은 아름답거나 견고한 탄생은 아니었다. 그래서 "엄마는 빨간 핸드백을 남기고 떠났어요"(《일곱살, 달밤》)라는 스산한 기억이 시의 문면에 무심코 나타난다. 이 아이는 조로하고 싶었던 소녀 시절을 지나, 제 안에 열 개의 개구쟁이들과 "뱀이 된 아버지"의 병과 싸우는 투사와 한 송이로 피어났다가 시드는 사자를 품은 채 시인으로 호명당한다. 마침내 명민한 시인이 되어 "펄펄 흩날리는 키스들아/나를 해독해보렴"(《빨간 구름》)이라고 노래한다.

6 드루아, 앞의 책, 185쪽

7 와시다 기요카즈, 《기다린다는 것》, 김경원 옮김, 불광출판사, 2016, 87쪽

8 박연준, 《아버지는 나를 처제, 하고 불렀다》, 문학동네, 2012

이따금씩
커다란

나무를
생각해

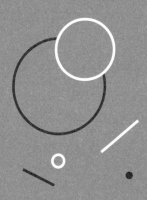

사람은 눈을 감고 주름이 가득한 얼굴로 태어난다. 갓 태어
난 아기는 무능력 그 자체다. 아기의 일은 우는 것이다. 아기는
우는 걸로 제 의사 표현을 대신한다. 이런 아기의 무능력과 몽
매함은 동물과 다를 바가 없다. 뇌 과학자들도 아기의 뇌는 성
인의 뇌와는 전혀 다르다고 말한다.

"성인의 뇌는 현재 순간과 미래를 규칙적으로 오가는 반면,
아기의 뇌는 영원한 현재에 닻을 내리고 있다."[1]

현재에 닻을 내리고 즉물성 속에 머무른다는 점에서 아기의
뇌는 동물의 뇌와 닮았다. 동물의 뇌는 즉물적인 현재에 포박된
상태다. 두 부류의 뇌에는 내일에 대한 사유가 없다. 그러나 다
람쥐는 식량이 떨어질 때를 대비해 도토리를 땅속에 숨기고, 개
도 뼈다귀를 숨겼다가 나중에 먹지 않는가? 겨울잠을 자는 동
물 역시 동면에 대비해 단백질과 지방을 비축해 제 몸을 살찌우
지 않는가? 그것들은 내일에 대한 준비가 아닌가? 이런 반문도
들을 수 있다.

그러나 동물 행동은 유전적으로 물려받은 본성일 뿐 내일이
라는 추상적 인지를 바탕으로 위험 회피를 위해 투자하는 게 아
니다. 다람쥐나 개는 제 동료에게 '자, 그럼, 내일 보자!'라고 인
사할 수 없다. 동물은 언어에서 배제된 채로 침묵의 덩어리로 머
물고, 어떤 추상적 사유도 하지 못하는 인류의 열등한 형제다.

사람은 다른 무엇에서 자신을 따로 분리함으로써 '나'라는 인식을 하는 존재다. '나'는 남과 다르다는 것은 분별이고 인식이다. 사람만이 관념을 사유하고 추상에 형체를 부여할 수 있는 능력을 가지고 있다. 언어, 은유, 상징, 환상, 내일 따위는 즉물적 사유의 산물이 아니라 추상과 관념에 속하는 것들이다.

뇌를 구성하는 150억 개의 뉴런을 가진 인간만이 미래를 선험하는 능력으로 '내일'이란 추상을 발명해 낸다. 어느 날 한 호모사피엔스가 자신의 동료와 헤어지며 "내일 보자!"라고 했을 것이다. 영화 〈바람과 함께 사라지다〉에서 스칼렛 오하라가 "내일은 내일의 태양이 뜬다."라고 한 그 내일이다!

내일은 지금 여기에 없는 미래 시간의 도래다. 사람은 어떻게 보이지 않는 내일이 와서 제 눈앞에 펼쳐진다는 걸 알았을까? 사람만이 "'가능한 것', 가상의 것, 상상 세계, 현실이 아닌 픽션의 세계, 아직 오지 않았으며, 십중팔구 앞으로도 오지 않을 것의 도래"[2]를 깨우친다. 그랬으니 '내일 보자!'라고 인사를 했을 테다.

5만 8천 년 전, 아프리카에 사는 인류 종족 중 소수가 내일을 발명한 것으로 알려졌다. 그리하여 오늘의 희생을 바탕으로 내일의 삶을 취하며 사는 별종인 호모사피엔스라는 종이 나타난다.

내일의 발명으로 인류는 미래에 대한 사유를 확장하고 더 큰 진보를 향한 발걸음을 뗀다. 사람은 험난한 자연 조건에서 살아남기 위해 미래를 예측하고 새로운 희망을 품으며 더 잘 대비하게 되었다. 사람은 내일을 담보로 생존 능력을 키웠다. 오늘의 삶을 내일을 위한 투자로 기획할 수 있게 되었다.

더러는 과잉투자가 되는 경우도 생겨난다. 인류가 내일이라는 "막연한 기대와 희망"을 전제로 오늘을 살면서 "'내일'은 불행의 원천"[3]이 되기도 했을 테다. **내일은 인류 진보를 낳는 촉매지만 다른 한편으로 속박이고 기망의 조건이기도 하다.**

어쩌면 인류를 옭아매는 내일은 불행과 번뇌를 낳는 재앙일지도 모른다. 무서운 상상이지만 언젠가 내일의 해가 뜨지 않는 날이 올지도 모른다. 인류에게서 내일에 대한 낙관이 사라지고 있다. 오늘의 많은 절박한 불행들이 내일을 지우고 그 도래를 가로막고 있다.

몽유 산책[4]

두 발은 서랍에 넣어두고 멀고 먼 담장 위를 걷고 있어

손을 뻗으면 구름이 만져지고 운이 좋으면
날아가던 새의 목을 쥐어볼 수도 있지

귀퉁이가 찢긴 아침
죽은 척하던 아이들은 깨워도 일어나지 않고

이따금씩 커다란 나무를 생각해

가지 위에 앉아 있던 새들이 불이 되어 일제히 날아오르고
절벽 위에서 동전 같은 아이들이 쏟아져 나올 때

불현듯 돌아보면
흩어지는 것이 있다
거의 사라진 사람이 있다

땅속에 박힌 기차들

시간의 벽 너머로 달려가는

귀는 흘러내릴 때 얼마나 투명한 소리를 내는 것일까

나는 물고기들로 가득한
어항을 뒤집어쓴 채

오늘의 세계는 오래된 실패, 내일에 내정된 실패의 세계다. 그 세계는 존재에게 퉁명스러운데, 우리에게 "가만히 잠들라는 명령을" 내린다.(《상상 밖의 모자들로 가득한》) 기대가 무너지고 꿈이 좌절되는 세계지만, 그래서 날마다 하루치의 슬픔이 배달되는 나날이지만, 우리가 오늘을 살아낼 수 있는 것은 "우리에겐 노래할 입이 있고/문을 그릴 수 있는 손이 있다/부끄러움을 만드는 길을 따라/서로를 물들이며 갈 수 있"(《기타는 총, 노래는 총알》)기 때문이다.

사람은 먹고 자고 일하며 산다. 빵 굽는 사람은 빵을 굽고, 구두 수선공은 닳은 구두 굽을 갈며, 우체부는 우편물을 배달하고, 염색공은 염색을 하며, 도배공은 벽에 새로운 벽지를 바른다. **우리는 저마다 일에 골몰하며 세상의 한 축을 지탱한다.** 우리 생명의 놀라움은 이 세계 안에서 스스로 번져가고 흘러갈 때 발현한다. 번진 것은 무늬가 되고, 흘러간 것은 살아낸 세월의 실팍한 무게를 이룬다. 오늘의 삶이라는 무늬는 과거 화석과 오늘의 생생한 현재성을 통합하면서 빚어진다.

삶이 살아낸 것과 살아낼 것들 두 가지 종류뿐이라면 아마도 견디기 힘들 것이다. 사람은 불가능한 것을 꿈꾸고, 희망을 발명해 낸다. 꿈은 메마른 삶을 적시고, 공기가 빠져나가 쭈글쭈글한 공에 바람을 채우듯 삶을 기대로 가득 채우며 팽팽하게 만든다.

〈몽유 산책〉은 꿈속 일을 적어 내려간 시다. 두 발 없이 담장 위를 걷는 일, 손을 뻗어 구름을 만지는 일, 날아가는 새의 목을 쥐어보는 일, 이 모든 일은 현실에서 일어나지 않는다. 이 것의 공통점은 먹고사는 일과 무관하다는 점일 테다. 이것들은 잉여적인 것이고, 현실의 문제를 개선하는 데 아무 보탬이 되지 않는 쓸데없는 짓이다. 공리주의자들이라면 이런 목가적 상상을 시간 낭비라고 질책을 하겠지!

사람은 꿈꾸며 슬픔을 견디고, 이 기우뚱한 세상이 만드는 압력을 이겨낸다. 꿈꾸기는 기분 전환이자 제 안의 부정성을 씻어내는 자기 정화 행위다. 더 적극적으로는 현실이 빚은 절망을 부정하고 세상을 깨고 바꾸는 동력의 원천일 테다. 결국 이것은 국면 전환을 이룰 계기적 시간, 구체적으로는 내일의 도래에 반응하는 몸짓이다. **더 이상 꿈꾸지 않는 자들은 소진한 자들이다.** 소진한다는 것의 함의는 무엇일까? 그것은 우리 안의 가능성의 소진이다. 소진은 가능성 전체를 부정하는 일이며, 그 결과는 피로감이다. 그리고 피로는 존재의 영도에 이르게 될 것이란 징후다. 결국 소진된 자는 아무것도 할 수 없는 상태에 빠진다는 점에서 주검은 이 소진의 가장 극단적인 형태일 것이다.

여기 "귀퉁이가 찢긴 아침/죽은 척하던 아이들"이 있다. 아이들이란 세상과의 싸움에서 제 힘과 가능성을 다 소진한 존재들이 아니다. 다만 잠에서 깨어나지 않았을 뿐이다. 아이들은 내정된 실패의 세계 속에서 여전히 발랄하다. 이 시에서 가장 아름다운 구절은 "가지 위에 앉아 있던 새들이 불이 되어 일제히 날아오르고/절벽 위에서 동전 같은 아이들이 쏟아져 나올 때"와 같이 세계의 움직임을 구체적 이미지로 드러내 보이는 부분이다. 새들은 불티가 난비하듯 날아오르고, 아이들은 쏟아져 나온다. 새들은 날아오를 때 불의 늠름한 활기를 전유하고, 아이들은 쏟아져 나올 때 동전 같은 시끄러움으로 활력을 과시한다.

날아오르다, 쏟아져 나오다 등의 동사 활용이 빚어내는 능동성과 활기로 인해 세상은 활동운화活動運化하는 것들로 가득차 보인다. 이 활기찬 운동성의 두드러짐은 "사라진 사람", "땅속에 박힌 기차들" 등등 실패의 정태성靜態性을 환기하는 이미지들과 대조되면서 더 또렷해진다. **살아 움직이는 것들의 생동성으로 가득 찬 세상이라니! 이 활기와 생동성이 세상을 채우는 한 사라진 사람은 다시 돌아오고, 땅속의 기차는 다시 달릴 것이다.**

시인은 상상한다. 불과 거품들, 물방울과 뱀, 바다와 소금, 행성과 별자리들, 흙의 향기, 과일의 진실을. 또 단맛과 쾌락을 상상하고, 그보다 더 많은 불가능과 전생과 영원 따위를 상상한다. 시인은 온갖 식물에 이름을 붙여 호명하며, "여름에 죽은 사람을"(《뮤트》) 생각한다. 야만의 도시에 살든, 기후 위기 시대에 살든 "마음껏 타오르는 색들, 오로라, 죽은 개"가 잠긴 물속 수도원을 상상한다.(《물속 수도원》) 내일이라는 추상을 처음 인지한 이도 시인이었을 테다. "언덕 너머에 진짜 언덕이 있다고 믿는"(《접어놓은 페이지》) 사람이란 세계 너머 보이지 않는 세계를 꿈꾸는 사람이다.

시인은 커다란 나무와 그 나뭇가지 위에서 수천 마리의 새들이 날아오르는 상상을 펼친다. 상상은 움직임이 없는 것들에 움직임을 부여한다. 시인은 상상으로 불의 상승하는 기운과 비상한 활력을 전유하는 새들의 세상을 불러온다. 시인이란 소멸하고 굳어가는 세상에 생명의 활기를 불어넣고, 볼품없는 것들에 노래와 향기를 심는 존재일 테다.

---

1   다니엘 S. 밀로, 《미래중독자》, 양영란 옮김, 추수밭, 2017, 189쪽
2   밀로, 앞의 책, 32쪽
3   밀로, 앞의 책, 7쪽
4   안희연, 《너의 슬픔이 끼어들 때》, 창비, 2015
5   안희연(1986~)은 경기도 성남에서 태어났다. 2012년 '창비신인시인상'을 수상하며 등단했다. 천진한 호기심을 가진 사람만이 "절벽이라는 말 속엔 얼마나 많은 손톱자국이 있는지/물에 잠긴 계단은 얼마나 더 어두워져야 한다는 뜻인지/내가 궁금한 것은 가시권 밖의 안부"(《백색 공간》)라고 쓸 수 있다. 세계는 보이는 것과 보이지 않는 것들로 이루어진다. 시인은 가시권 밖의 안부에 대해 궁금해한다. 또한 처음 만나는 낯선 사람이 악수를 청할 때 손을 내밀고 얼굴을 마주 보는 것을 부끄러워한다. 그런 까닭에 "손목에서 손을 꺼내는 일이/목에서 얼굴을 꺼내는 일이/생각만큼 순조롭지 않았다"(《액자의 주인》)라고 쓰는 것이다. 천진함이 무욕의 발랄함에서 나오는 것이라면 부끄러움은 소극적 염결성에서 나온다. 아마 그런 천진함과 부끄러움이 그를 시인으로 만들었을 것이다. 2015년 시집 《너의 슬픔이 끼어들 때》를 낸 뒤 이어서 《밤이라고 부르는 것들 속에는》 《여름 언덕에서 배운 것》을 냈다.

수학 교실에서
웃은

소녀들은
어떻게 되었나

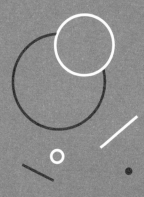

소녀들은 순진하다. 남성 중심주의에 눌리거나 찢긴 경험이 없는 여자 이전의 여자, 아버지의 보호 아래 양육되는 존재들이다. 아직은 빼앗고 짓누르는 권력을 모르는 소녀들의 생은 약동한다. 김민정의 시에 펼쳐진 '소녀 감성'은 발랄함과 천진, 솔직함 그 자체다. 세상과 부딪치면서 그녀들은 '처음' 느끼는데, 그 실체는 세상의 비루함이다.

김민정은 '소녀들'을 제 상상의 세계로 초대한다. 이때 세상은 수학 선생, 도덕 선생, 음악 선생이고, 모욕을 주는 수녀 교장이며, 페니스를 권력과 동일시하는 폭력 남편이나 오빠들, 남자 친구나 실내화 앞코를 일부러 밟아 뭉개는 언니들이다. 시인은 그 기분 나쁜, 치사한, 비참한 '느낌들'을 채집하고 펼쳐놓는다.

소녀는 "순결한 열일곱 살"에 죽어 "방부 처리"되는데, 소녀의 교복 블라우스에는 "비비고 헹굴수록 선명해지는 얼룩"(《그림과 그림자》)이 있다. 이 얼룩은 피와 땀 같은 오염 물질, 죄의 흔적이다. 얼룩은 생의 짓밟힘을 예고하고, 미래에 닥칠 나쁜 운명의 전조다. 소녀는 죽임을 당하는데, 죽음이야말로 생에 찍히는 가장 커다란 얼룩이 아닌가!

용케 살아남은 소녀는 서른 살의 여자로 성장한다. 순진, 발랄함, 풋풋함은 소녀의 덕목이다. 이것들은 성장하는 과정에서 짓밟히고, 깨지며, 흩어진다. '소녀 유적'들은 불태워지거나 버려지고, 소녀들은 말 그대로 토벌을 당한다. 살아남은 것은 뻔뻔한 여자들, 아무렇지도 않게 생리를 하고 변비를 앓는 여자들이다.

김정미도 아닌데 '시방' 이건 너무 하잖아요*1

1항, 2항, 3항 그렇게 10항까지 써나간 수학 선생님이 점 딱 찍고 '시방'이라 발음하는데 웃겼어요. 왜? 여고생이니까 고향이 충청도라는 거? 몰랐어요. 허리 디스크 수술이요? 제가 왜 무시를 해요, 마누라도 아닌데 다시는 '시방' 때문에 웃지 않겠습니다. 칠판 앞에 서서 반성문을 읽어나가는데 뭐시냐 또 웃기지 뭐예요 풋 하고 터지는 웃음에 다닥다닥 잰걸음으로 바삐 오시는 선생님, 부디 서둘지 마세요 했거늘 저만치 앞서 밀려나간 슬리퍼를 어쩌면 좋아요 좀 빨기라도 하시지 얻어맞아 부어오른 볼때기에 발냄새가 뺄까 때 타월로 문지르니 그게 볼터치라 했고, 내 화장의 역사는 그로부터 비롯하게 된 거랍니다.

* 〈이건 너무 하잖아요〉는 1974년 김정미가 발표한 노래다.

247

여자고등학교의 수학 교실이다. 수학 선생의 '시방'이라는 말에 까르륵 웃음을 터뜨린 소녀들은 반성문을 쓰고, 그 반성문을 읽다가 다시 웃음을 터뜨린다. 소녀들은 발랄한데, 그 발랄함은 눌리지 않는 쾌의 발현이다. 소녀의 웃음에는 악의가 없다. 하지만 수학 선생은 모욕감을 느끼고, 여학생에게 징벌을 내린다. 슬리퍼를 벗어 여학생의 뺨이 부어오를 때까지 때린 것이다.

이런 체험은 여학생에게만 있는 것이 아니다. 남학생들도 교사들에게 얻어맞았다. 과거의 학교에서 권력의 비대칭 관계가 엄존하는 교사와 학생 사이에 폭력은 흔한 일들 중 하나였다. 체제 재생산의 억압이 짓누르는 교실에서 힘의 비대칭이 폭력 사태를 빚고, 교실이 권력장으로 탈바꿈하는 것은 드문 일이 아니었다.

소녀들은 아주 멀리서 온다. 소녀들은 "나와 동족들, 바로 나인 그 모든 자들, 그리고 나와 같은 자들, 추방당한 자들, 식민지 지배를 당한 자들, 화형당한 자들."[3]의 후예다. 소녀들은 불태워 죽이고, 때려죽이고, 독약을 마시게 해서 죽인, 죽임의 역사에서 살아서 돌아온다. **지금도 소녀들은 권위, 억압, 권력을 뚫어야만 비로소 제 목소리를 낼 수 있다.**

소녀들이 발랄함을 박탈당한 채 불안과 혼돈의 존재로 사는 것은 그럴 만한 까닭이 있다. 시인에 따르면, 소녀들은 펭귄, 끓는 죽, 빼빠, 비닐봉지, 초짜, 축농증, 투망, 벌집, 확성기, 두 달 기른 손톱이다. 소녀들은 그 조각들로 파편화되어 흩어져 존재한다. 시인은 그 소녀들의 생을 관찰하고 탐구한다. 김민정의 시를 "파격과 탈격, 파편과 우연"으로 규정한 김인환의 지적은 정곡을 찌른다.

다시 수학 교실로 돌아가자. 까르륵 웃는 소녀의 웃음은 예기치 않은 실수, 정상에서 벗어난 기형들, 현실의 부조리에서 생겨난다. 언 길바닥에서 미끄러지는 사람은 웃음을 유발한다. 이 웃음은 나는 실수하지 않았다는 것, 그 안도와 우월성의 확인이다. 실수 당사자는 웃을 수가 없다. 보들레르는 날카롭게 지적한다.

"웃음은 자기 자신의 우월성을 의식할 때 생겨난다고. 유례없이 사악한 의식에서 생겨난다고! 자만심과 착란!"

웃음에 화를 내는 자들은 근본주의자들, 권력자들, 근엄한 자들이다. 그들은 웃는 자를 미치광이로 규정한다. 수학 선생은 왜 화를 냈을까? 수학 선생은 상황을 오인하고 생각을 비약하면서 자기가 모욕당했다고 판단한다. 실제는 누가 누구를 모욕했나? 모욕한 것은 소녀의 웃음을 폭력으로 징벌한 수학 선생이 아닌가? 소녀의 웃음은 그들이 의식하건 의식하지 못하건 간에 권위와 권력에 맞서는 일이다. 웃음은 체제 재생산의 권력에 대한 저항, 더 큰 권력의 대리인이자 수호자, 불가피하게 체제 재생산의 전위에 선 교사들을 향한 미약한 반항이다.

시인은 저항하고 도발하는 소녀를 주목한다. "얻어맞아 부어오른 볼때기에 발냄새가 뱅까 때 타월로 문지르니 그게 볼터치라 했고, 내 화장의 역사는 그로부터 비롯하게 된" 것이라는 고백에는 폭력에 굴하지 않는 소녀의 발랄함이 불거진다. 이 발랄함으로 "모두가 똥을 누고 살지마는/모두가 똥을 누지 않고 살"아가는 세상을 향해 감자를 먹인다.(《그녀의 동물은 질겨》)

시인은 원한과 신파로 도망가지 않고, 그 대신 천부적인 자산인 자신들의 발랄함으로 적대적인 현실에 맞선다. 수학 선생의 슬리퍼로 뺨이 벌게지도록 맞은 소녀들은 변비로 고통받는 여자로 성장한다. 이들이 겪는 배설의 어려움, 불감증과 거식증은 곧 남성 지배 사회의 하수인들, "참견쟁이 명수들"과 적대하고 불화하는 여자로 사는 일의 고난과 겹친다. 그 소녀들 중 누군가는 병적 억압을 넘어서서 폭발하고, 솟구치며, 날아간다. 그 폭발, 솟구침, 날아감의 양태는 "날으는 고슴도치 아가씨"로 나타난다. 시인은 소녀들에게 "날으는 고슴도치 아가씨"들이 되라고 청유하는데, 그 청유는 관습의 벽을 깨고 나아가는 길을 가리킨다.

그 과정은 쉽지 않다. **더러는 날개가 찢기고, 깊은 내상으로**

피를 흘릴지라도 그 싸움을 멈춰서는 안 된다. 시인은 세상이라는 '똥통'에서 벗어나기 위해 "발산하고 발광하는 근육"(《플로렌스 그리피스 조이너》)을 가져야만 한다고, 유쾌한 방식으로 일러준다. 세상의 저 끔찍한 악의들과 타락한 관습에 싸움을 걸라고 끊임없이 독려한다. 김민정의 시는 "위풍당당 행진곡"이고, 변종과 역설의 시며, 일부 독자에게는 난감한 전투력으로 충만한 전사의 시다.

1 김민정, 《그녀가 처음, 느끼기 시작했다》, 문학과지성사, 2009
2 김민정(1976~)은 인천에서 태어났다. 1999년 《문예중앙》 신인문학상에 당선되며 등단했다. 시인이자 출판계의 스타 편집자인 그녀는 '세상'과 한 패거리로 미시 권력을 휘두르며 소녀의 뺨을 때리고 모욕하는, 남근주의의 위선과 폭력을 가차 없이 까발린다. 그 한 항목이 "넘어진 나를 일으켜준다더니 그 손으로 나를 자빠뜨렸다"라는 폭로다. 시인은 '소녀들'과 '세상' 사이에 엄존하는 적대와 비호감, 불화와 어긋남으로 얼룩지는 모멸감을 세상에 일러바친다. 그 일러바침 목록에는 "시라는 이름의 시답지 않음"과, "시는 그래, 그렇게나 기똥찬 것"도 포함된다. 시인은 놀랄 만큼 개방적인데, 화두와 화투, 젖과 좆, 페니스와 페이스, 미혼과 마흔, 오빠와 오바, 화장化粧과 화장火葬, 끝과 끗 같은 말놀음(fun) 속에 우스꽝스럽고 그로테스크한 경험을 풀어낸다. 시집으로 《날으는 고슴도치 아가씨》 《그녀가 처음, 느끼기 시작했다》 《아름답고 쓸모없기를》 《너의 거기는 작고 나의 여기는 커서 우리들은 헤어지는 중입니다》 등이 있다.
3 엘렌 식수, 《메두사의 웃음/출구》, 박혜영 옮김, 동문선, 2004

사과의

날씨가
지나간다

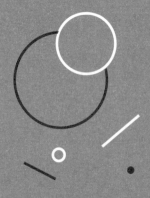

사람은 땅 위에서 움직이며 공동체를 이루고 그 안에서 관계를 맺으며 사는 존재다. 땅은 물적 토대다. 그것은 기후의 조건이자 활동하는 자아를 기르는 장소다. 사람은 땅에서 태어나 땅의 변화에 순응하며 산다. **땅 위에 사는 것은 실존의 기초적인 조건이다. 그러나 그것은 얼마나 아득한 일인가?** 철학자 니체는 이렇게 쓴다.

"단단한 땅 위에 서 있으려면 아직 멀었다."[1]

우리가 활동하는 땅 위로 봄, 여름, 가을, 겨울이 순환하며 다양한 날씨들이 지나간다. 우리는 얼마나 자주 포악한 운명의 화살을 가슴에 꽂은 채 비틀거리고 휘청거리는가! 더러 고갈과 탕진으로 땅 위에 널브러진다. **땅 위에 직립하는 자는 땅에 쓰러진 적이 있는 사람이다.** 그들이 바로 설 수 있는 것은 쓰러진 경험을 통해 바로 서는 법을 익힌 까닭이다.

우리는 대지 위에 살면서 많은 것을 본다. 이렇게 '봄'으로써 '세계-내-존재Being-in-the-world'의 일원이 되는데, '본다'는 행위는 눈을 통해 이루어진다. 철학자 하이데거는 눈이라는 신체 기관을 통해 무언가를 봄으로써 지각적 대상 세계에 연루된다는 사실을 두고 "우리가 눈을 가지고 있기 때문에 보는 것이 아니라, '볼' 수 있기 때문에 눈을 가지고 있다"라고 말한다. **우리는 봄으로써 타자의 세계에 접속하고 참여한다.** 눈이 없다면 실존은 크게 제약될 수밖에 없다. 우리의 '바라-봄' 속에 자연은 그 전체를 열어젖혀 우리 앞에 비밀을 개시한다.

사과 한 쪽의 구름[2]

려원[3]

사과의 날씨가 지나갔다

반으로 쪼갠 사과 한 쪽을 창틀에 놓고 잊어먹고 있었다

　며칠 뒤 사과는 먹구름이 잔뜩 끼어 있었다 그동안 사과를 지나
간 날씨들이 배어 나오고 있었다 반쪽의 빨간 껍질에는 지평선을 넘
어가던 노을이 있었고 달은 사과 속을 들락거리며 반달이 되었다가
다시 만월이 되었다

　달은 사과의 밝기를 주기적으로 조절하고 있었다

　아무도 눈치채지 못하도록 나는 사과씨로 배란일을 계산했다 달
이 회전하는 단면과 사과 반쪽의 단면이 만조를 이루던 날, 사과 속
살에 둥둥 떠다니는 상현달과 하현달 중 어느 쪽을 고를까 고민했다

　사과가 쪼글쪼글해지는 시간, 내가 갈라놓은 곳으로 달이 자라
서 다시 야위었다 초음파에는 먹구름으로 가려져 있었다

내 뱃속에 들어있는 사과가
파란 날씨를 지나 빨갛게 익어가고 있을 것이다.

날씨는 시인들에게 시적 영감을 준다. 날마다 변화무쌍하게 바뀌는 날씨들은 우리의 감수성을 자극하는 바가 있다. 날씨와 더불어 계절의 변화도 우리 기분과 영혼을 쥐락펴락하며 감정의 굴곡을 만든다. 궂은 날씨냐 화창한 날씨냐에 따라 우리의 기분은 달라진다. 기후변화는 수면 시간을 늘리거나 줄이고, 식욕부진의 원인이 되며, 체중 감소를 일으킨다. 날씨와 계절들이 우리 생체리듬에 영향을 주는 한에서 그것들은 여러 '생물학적 변수'들을 만든다.

사람이 날씨에 직간접적인 영향을 받는다는 점은 널리 알려진 바다. 날씨는 우리 기분과 행동을 지배하고, 자연의 순환 주기는 인간 생체 기능을 지배하는 한에서 생물학적 변수라고 말할 수 있다.

"자연의 순환 주기란, 지구의 자전과 이어지는 24시간 주기(낮/밤)와, 光 주기의 변동이 수반되는, 태양 주위를 도는 지구의 공전과 연결되는 계절 주기들을 뜻한다. '생물학적 변수'라 부르는 여러 가지 물질이 이 순환 주기들에 따라 우리 신체를 통해 생산되며 우리 행동의 많은 부분을 결정짓는다."[4]

햇빛은 영혼을 순수한 기쁨으로 물들게 하지만, 악천후와 비구름이 만드는 잿빛 풍경은 기분을 칙칙하게 하고, 비가 내리거나 바람 부는 날씨는 우리 마음을 울적하고 스산하게 만든다. 시인은 왜 "사과의 날씨"나 구름 낀 날씨에 민감한 반응을 보이는가?

    시인은 "사과의 날씨", "반으로 쪼갠 사과 한 쪽", "사과의 밝기를 주기적으로 조절하"는 달 등등에 여자의 배란일을 겹쳐내며 생명 잉태의 찰나로 상상력의 촉수를 뻗는다. 시인은 사과가 탱탱하던 순간에서 "사과가 쪼글쪼글해지는 시간"에 이르기까지의 사이, 혹은 초음파와 먹구름 사이를 사유한다.

    달의 날씨는 지나가는 시간대에 어떤 변화들이 일어나게 하는가? 달은 만월에 이르렀다가 다시 야위어 하현달이 되는데, 시인은 이 변화를 "달이 회전하는 단면과 사과 반쪽의 단면이 만조"를 이룬다고 쓴다. 사과를 둥글게 익히는 "달의 시간"이라니! 달의 시간은 여성 화자인 '나'의 몸에 생명이 잉태되고 자라는 시간과 정확하게 조응한다.

    시인은 순환하는 계절을, 산과 강을, 하늘의 구름을, 수많은 도시들과 시골을, 뱀과 고양이를, 사랑하는 사람과 무심히 지나가는 타인들을 본다. 더러는 사물과 현상, 변화무쌍한 기상 현상에 대해 숙고 없이 즉물로 반응한다. 려원의 시집에서는 시각적인 것, 후각적인 것, 촉각적인 것에 민감한 흔적들을 어렵지 않게 찾을 수가 있다. 시인은 천진한 눈으로 사물을 보고—"우리는 왜 같은 맛의 음식을 매일 먹고/같은 베개를 베고 같은 시간을 정해 잠 깰까" 같은 천진한 의문들!—드물게 신체 기관의 감수성이 발달한 사람으로 보인다. 가끔 의외의 상상력이 돌출하기도 한다. "우물들은 모두 자웅동체雌雄同體/장마를 산란하기도 한다"(〈달팽이〉)라는 구절은 놀랍다. 우물들이 자웅동체라거나 장마를 산란한다고 하는 것 따위는 엉뚱하면서도 새롭고 발랄하다. "친절한 삼촌들은 욕을 하고/절정은 모두 가짜"(〈핀에꽂힌 나비들〉)라고 할 때 상상력의 평평함이 뒤집어진다. "늘 꿈에서 뒤꿈치를 들고 넘겨다 본 담장 안엔/미래의 사람들이 모여 있었어요"(〈악몽요정〉)라는 구절은 샤먼의 분위기를 물씬 풍긴다.

1   프리드리히 니체, 《반시대적 고찰》, 청하, 1982
2   려원, 《꽃들이 꺼지는 순간》, 달샘 시와표현, 2016
3   려원(1977~)은 2015년 《시와표현》으로 등단했다. 원통고등학교 국어교사로 근무하고, 그 뒤 아동복지시설 주말 프로그램 문학 강사로 활동한다. 시인은 사물과 현상, 변화무쌍한 기상 현상에 숙고 없이 즉물로 반응하는데 그의 시에서 시각적인 것, 후각적인 것, 촉각적인 것에 민감한 흔적들을 어렵지 않게 찾을 수 있다. 이 시인의 상상력에서 두드러지는 점은 여성성의 은근한 과시다. 여성성에 대한 시적 사유는 인공수정, 포상기태, 입덧, 탯줄, 양성, 배란기, 산부인과, 쌍둥이, 초음파, 무성생식 따위 어휘들이 암시하듯이 여성의 출산 경험과 연관된다. 2016년 첫 시집 《꽃들이 꺼지는 순간》을 출간했다.
4   알랭 코르뱅 외, 《날씨의 맛》, 길혜연 옮김, 책세상, 2016

가장 빛나는
별은

아직
발견되지 않았다

새해 첫날에는 안녕하세요? 새해예요, 반가워요, 모든 일들이 잘되길 빌게요, 낯선 사람에게도 미소를 지으며 이런 인사와 덕담을 건네고 싶다. 누만 년 동안 대지를 비추던 해가 뜨고 누리에 금빛 햇살이 번져간다. 영혼의 얕음과 깊음을 가리지 않고, 영웅이나 미인이나 범부를 가리지 않고 햇살이 평등하게 내리는 일은 얼마나 다행인가! 만약 영혼이 깊고 숭고한 생각을 품은 이들에게만 햇살이 내린다면 영혼이 얕은 나 같은 사람은 평생을 그늘 속에서 살아야 하리라.

날고, 뛰고, 걷고, 기고, 구르는 것들은 저마다 가진 재주로 새해 첫날에 도착한다. 황새는 날아서, 말은 뛰어서, 거북은 걸어서, 달팽이는 기어서, 굼벵이는 굴러서, 한날한시 새해 첫날에 도착했다. 따지고 보면 그들이 어딘가에서 와서 새해 첫날에 도착한 것은 아니다. 다만 날고, 뛰고, 걷고, 기고, 구르고 있었을 뿐인데, 문득 새해 첫날이 온 것이다. 돌아보라. 황새, 말, 거북, 달팽이, 굼벵이만이 아니다. 저만치 떨어진 곳에 바위는 앉은 채로 도착해 있었다. 다들 촐랑거리는데, 제자리에서 꿈쩍도 않는 바위가 가장 의젓한 자태로 새해 첫날을 맞는다.

새해 첫날은 시간관념이 없는 소나 말, 고라니에게는 어제와 다를 바 없는 오늘의 연속에 지나지 않는다. 시간의 균등함으로 어제와 다를 바 없는 오늘에게 새해 첫날의 의미를 부여하고 산뜻한 기분으로 맞으려는 것은 오직 사람의 일이다.

새해 첫 기적[1]

반칠환[2]

황새는 날아서
말은 뛰어서
거북이는 걸어서
달팽이는 기어서
굼벵이는 굴렀는데
한날 한시 새해 첫날에 도착했다

바위는 앉은 채로 도착해 있었다

나는 언 땅을 딛고 서서 차가운 공기를 가슴 깊이 들이마신다. 알 수 없는 기대와 설렘으로 심장 박동이 빨라진다. 연일 맹추위로 안성 금광호수의 물은 꽝꽝 얼고, 빈들과 산은 응달진 곳의 잔설 말고는 푸름을 찾아볼 수 없다. 온통 잿빛이다. **이 잿빛 속에서도 생명의 온기를 품은 것들은 살기 위해 바지런히 움직인다.** 시든 풀숲 아래에서 새들은 씨앗을 찾고, 다시 공중으로 날아오른다. 저 작은 생명체들의 바지런함은 생명의 장엄함으로 코끝이 시큰해지게 하는 바가 있다.

새로운 계획을 세우고 마음을 다지며 설렘으로 시작한 한 해가 덧없이 저문다. 묵은해에 품은 꿈과 계획들 중 아주 일부만을 이루고 남은 것은 실패로 끝났거나 일찍이 접었다. 이룬 것은 뿌듯함으로, 이루지 못한 것은 아쉬움으로 남을 테다. 버려진 꿈은 시든 국화꽃 다발 같다. 꽃은 시들면 생화의 생기와 아름다움은 온데간데없고 누추한 쓰레기로 변한다. 당신의 한 해는 어땠는가? 지난해에도 사는 일은 팍팍했다. 비정규직, 하우스푸어, 전세난, 경제 불황이라는 암울한 말들이 위세를 떨쳤다. 일을 하고 싶어도 일자리가 없고, 아무리 발버둥을 쳐도 가난의 족쇄를 벗어나기 힘들다. 우리의 많은 꿈과 계획들은 어그러졌다. 하지만 실망하지 마라. 꿈을 포기하지도 마라. 낙담과 실망이 꿈을 대신하는 순간 마음이 늙기 시작한다. 마음이 늙으면 사람은 뒷걸음치고 꿈의 자취도 희미해진다.

새해 첫날에 가장 훌륭한 시, 가장 아름다운 노래, 최고의 날들은 오지 않았다. 그것은 미래에 이루어질 일이다. 시인 나짐 히크메트Nazim Hikmet는 넓은 바다, 불멸의 춤, 빛나는 별들도 만나지 못했다면 우리의 진정한 여행은 아직 시작조차 하지 않은 것이라고 노래한다. 그것들은 미래가 잉태할 것들이다. 아직은 실망하지 마라. 사랑도 여행, 인생도 여행이라면 이 초록별에서의 삶은 누구에게나 주어진 편도 여행이다. 우리가 더 이상 무엇을 해야 할지 모를 때, 어느 길로 가야 할지 모를 때 비로소 진정한 여행은 시작된다. **저 너머에 가장 아름다운 시와 가장 아름다운 노래와 항해해야 할 가장 넓은 바다와 추지 않은 불멸의 춤이 있다. 가장 아름답고 소중한 날들은 아직 도착하지 않았다.**

　새해 첫날은 어제의 낡음과 묵음을 혁신한 새로움을 제 안에 감추고 있기 때문에 기적의 첫날이다. 낡은 것을 무찌르는 쇄신, 탈바꿈, 재탄생, 그것들이 기적이다. 이 기적은 새해가 가져다주는 것이 아니라 새해를 맞는 자들이 빚어낼 것이다. 당신의 새해 기적은 무엇인가? 새해, 새날, 입학, 입사, 결혼, 출산, 새집 마련, 개업, 첫 책의 출간, 집에 새로 들인 고양이… 우리에게 도착하는 모든 것들이 다 기적이다. 오늘 죽을 듯 힘들어도 내일은 새로운 해가 뜬다. 역경에 겁먹지 마라. 쇠붙이가 불에 달궈지며 강하게 연마되듯 사람은 역경에서 단련되고 그 역경을 딛고 도약할 수 있다. 역경을 이긴 자의 내면은 꿋꿋하고,

침착한 자태는 늠름하다. 해마다 한 겹씩 생기는 나이테도 여름의 것은 무르고 겨울의 것은 단단하다. 나이테가 그렇듯이 역경과 시련은 자기 단련의 기회다.

사람은 누구나 자신 안에서 제왕적 존재다. 새해 첫날은 우리 모두에게 주어진 제왕의 하루다. 가슴을 활짝 펴고 새해 첫날을 맞아라. 우리에겐 그 행복을 맞을 권리가 있다. 잠 깨어 새벽을 기뻐하고, 샤워를 하면서 콧노래를 불러라! 가족과 포옹하라! 모란과 작약의 꽃을 바라보며 하루의 보람으로 여겨라! 사랑이 깨졌다면 또 다른 사랑을 기다려라! 어디서든 책을 읽어라! 오솔길을 걸으며 꿈꿔라! 오래 소식이 없는 친구에게 편지를 써라!

1   반칠환, 《웃음의 힘》, 시와시학사, 2005
2   반칠환(1964~)은 충북 청주에서 태어났다. 반씨 집안의 여섯 형제 중 막내로 태어나 유년기를 보냈다. 아버지는 병환 중이었고, 가장 노릇을 못했기 때문에 집안은 가난했다. 가난에 주눅 들지 않고 꿋꿋했다. 자연 속에서 개구리들, 잠자리들, 풍뎅이들, 사슴벌레들, 뱀들과 지낸 유년기는 축복이었는지, 가끔 마법을 써서라도 유년기로 돌아가고 싶다고 말한다. 1992년 동아일보 신춘문예에 시가 당선되었고, 《뜰채로 죽은 별을 건지는 사람》《웃음의 힘》《전쟁광 보호구역》 등의 주목할 만한 시집을 냈다. 그동안 기지機智와 남다른 해학이 버무려진 빼어난 시와 산문들을 써냈다. 기어코 유명해지지는 않았으나 알 만한 사람은 그가 모국어를 능란한 솜씨로 다루는 훌륭한 시인인지를 다 안다. 지금은 숲생태전문가로 활동하고 있다.